Broquéis

Faróis

Cruz e Sousa

Copyright © 2015 da edição: DCL – Difusão Cultural do Livro

Equipe DCL – Difusão Cultural do Livro

DIRETOR EDITORIAL: Raul Maia
EDITOR: Marco Saliba
ASSESSORIA DE EDIÇÃO: Millena Tafner
GERENTE DE ARTE: Vinicius Felipe
ILUSTRAÇÃO DA CAPA: João Lin
GERENTE DE PROJETOS: Marcelo Castro
SUPERVISÃO GRÁFICA: Marcelo Almeida

EDIÇÃO 2015

Equipe Eureka Soluções Pedagógicas

EDITOR DE ARTE: Gustavo Garcia
EDITOR: Felipe Lima
EDITORA-ASSISTENTE: Raquel Catalani
ASSISTENTE DE EDIÇÃO Roseli Souza
COMENTÁRIOS E GLOSSÁRIO: Pamella E. Brandão Inacio
REVISÃO DE TEXTOS: Murillo Ferrari

**TEXTO CONFORME O NOVO ACORDO ORTOGRÁFICO
DA LÍNGUA PORTUGUESA**

Dados Internacionais de Catalogação na Publicação (CIP)
(Câmara Brasileira do Livro, SP, Brasil)

Sousa, Cruz e, 1861-1898.
Broquéis & faróis / Cruz e Sousa ; capa João
Lin. -- São Paulo : DCL, 2014. -- (Coleção
grandes nomes da literatura)

"Texto integral com comentários"
ISBN 978-85-368-1803-0

1. Poesia brasileira I. Lin, João . II. Título.
III. Série.

13-08837   CDD-869.91

Índices para catálogo sistemático:

1. Poesia : Literatura brasileira 869.91

Impresso na Espanha

Editora DCL – Difusão Cultural do Livro
Rua Manuel Pinto de Carvalho, 80 – Bairro do Limão
CEP: 02712-120 – São Paulo – SP
www.editoradcl.com.br

SUMÁRIO

APRESENTAÇÃO 5

BROQUÉIS 7

FARÓIS 53

APRESENTAÇÃO

O autor

João da Cruz e Sousa foi um poeta brasileiro que nasceu em Florianópolis (SC) no dia 24 de novembro de 1861. Filho de negros alforriados, recebeu uma boa educação de seu ex-senhor Marechal Guilherme Xavier de Sousa. Aliás, foi devido a ele que João da Cruz de quem adotou o nome de família, Sousa. Sofreu preconceito racial – bem como era comum na época – e lutou para combater a escravidão e esse preconceito. Foi diretor do jornal abolicionista Tribuna Popular em 1881. Dois anos mais tarde, foi nomeado promotor público de Laguna, mas foi recusado logo em seguida por ser negro. Em 1885 lançou o primeiro livro, *Tropos e Fantasias* em parceria com Virgílio Várzea. Em fevereiro de 1893, publica *Missal* (prosa poética) e *Broquéis*[1] (poesia), dando início ao Simbolismo no Brasil. Cruz e Sousa é um dos patronos da Academia Catarinense de Letras, representando a cadeira número 15.

Casou-se com Gavita Gonçalves, com quem teve quatro filhos, os quais morreram precocemente por tuberculose, deixando a mulher louca em 1896. Cruz e Souza cuidou de sua esposa e esses momentos foram temas centrais de muitas de suas obras.

Cruz e Sousa faleceu aos 36 anos, em 19 de março de 1898, ironicamente, vítima do agravamento no quadro de tuberculose.

O enredo

Broquéis e *Faróis* são duas obras individuais de Cruz e Souza, onde a primeira (parnasiana) é publicada ainda em vida, e a segunda (simbolista) é sua obra póstuma.

Broquéis, composto por 54 poemas (sendo, sua maioria, sonetos), é seu livro de estreia. Traz como tema central o mal (visto como belo e admirável), a espiritualidade (principalmente retratada pela cor branca). Também trata da briga entre o espiritual e o material, onde o material acaba vencendo.

Faróis – apesar de ser uma obra póstuma –, foi organizada pelo próprio autor e tem 49 poemas. É uma obra que rompe com as características do parnasianismo, rompendo com a sequência lógica. A musicalidade é o ponto alto da obra (diferentemente de *Broquéis*).

Faróis é considerada a obra madura de *Broquéis*, desenvolvendo o que a obra anterior já trazia. Sendo assim, lendo as duas obras nesta sequência colocada aqui, é possível observar claramente o amadurecimento do poeta.

---

1. Escudos, defesas

O período histórico/literário

Broquéis e *Faróis* são obras do simbolismo (que tem como característica a musicalidade, o rompimento com a lógica e a razão), entretanto, *Broquéis* tem algumas das características do parnasianismo (como o uso da linguagem rebuscada e a preferência por sonetos), enquanto *Faróis* rompe totalmente com o parnasianismo.

Broquéis

Seigneur mon Dieu! accordez-moi

*la grâce de produire quelques
beaux vers qui me prouvent
à moi-même que je ne suis pas le
dernier des hommes, que je
ne suis pas inférieur à ceux que
je méprise[1].*

Baudelaire

---

1. Senhor, meu Deus! Dá-me a graça de produzir alguns belos versos que mostre para mim que eu não sou o último homem, eu não sou inferior àqueles que desprezo.

Antífona[2]

Ó Formas[3] alvas[4], brancas, Formas claras
De luares, de neves, de neblinas!...
Ó Formas vagas, fluidas, cristalinas...
Incensos dos turíbulos[5] das aras[6]...

Formas do Amor, constelarmente puras,
De Virgens e de Santas vaporosas...
Brilhos errantes, mádidas frescuras
E dolências de lírios e de rosas...

Indefiníveis músicas supremas,
Harmonias da Cor e do Perfume...
Horas do Ocaso[7], trêmulas, extremas,
Réquiem do Sol que a Dor da Luz resume...

Visões, salmos e cânticos serenos,
Surdinas de órgãos flébeis, soluçantes...
Dormências de volúpicos[8] venenos
Sutis e suaves, mórbidos, radiantes...

Infinitos espíritos dispersos,
Inefáveis, edênicos[9], aéreos,
Fecundai o Mistério destes versos
Com a chama ideal de todos os mistérios.

Do Sonho as mais azuis diafaneidades
Que fuljam, que na Estrofe se levantem
E as emoções, sodas as castidades
Da alma do Verso, pelos versos cantem.

---

2. Versículo que antecede o salmo
3. O uso do vocativo causa um efeito de sentido de clamor, urgência, exaltação, etc
4. Brancas, puras
5. Vasos onde se queima incensos
6. Dos altares
7. Poente
8. Libertinos
9. Do Éden

Que o pólen de ouro dos mais finos astros
Fecunde e inflame a rima clara e ardente...
Que brilhe a correção dos alabastros
Sonoramente, luminosamente.

Forças originais, essência, graça
De carnes de mulher, delicadezas...
Todo esse eflúvio que por ondas passe
Do Éter nas róseas e áureas correntezas...

Cristais diluídos de clarões alacres,
Desejos, vibrações, ânsias, alentos,
Fulvas vitórias, triunfamentos acres,
Os mais estranhos estremecimentos...

Flores negras do tédio e flores vagas
De amores vãos, tantálicos, doentios...
Fundas vermelhidões de velhas chagas
Em sangue, abertas, escorrendo em rios.....

Tudo! vivo e nervoso e quente e forte,
Nos turbilhões quiméricos do Sonho,
Passe, cantando, ante o perfil medonho
E o tropel cabalístico da Morte...

Siderações

Para as Estrelas de cristais gelados
As ânsias e os desejos vão subindo,
Galgando azuis e siderais noivados
De nuvens brancas a amplidão vestindo...

Num cortejo de cânticos alados
Os arcanjos, as cítaras[10] ferindo,

---

10. Tipo de líra

Passam, das vestes nos troféus prateados,
As asas de ouro finamente abrindo...

Dos etéreos turíbulos de neve
Claro incenso aromal, límpido e leve,
Ondas nevoentas de Visões levanta...

E as ânsias e os desejos infinitos
Vão com os arcanjos formulando ritos
Da Eternidade que nos Astros canta...

Lésbia

Cróton[11] selvagem, tinhorão lascivo,
Planta mortal, carnívora, sangrenta,
Da tua carne báquica[12] rebenta
A vermelha explosão de um sangue vivo.

Nesse lábio mordente e convulsivo,
Ri, ri risadas de expressão violenta
O Amor, trágico e triste, e passe, lenta,
A morte, o espasmo gélido, aflitivo[13]...

Lésbia nervosa, fascinante e doente,
Cruel e demoníaca serpente
Das flamejantes atrações do gozo.

Dos teus seios acídulos[14], amargos,
Fluem capros aromas e os letargos,
Os ópios de um luar tuberculoso...

---

11. Espécie de planta
12. Libertina
13. As vírgulas aqui, dão um efeito de sentido de lentidão, espasmos
14. Alguns tantos ácidos

Múmia

Múmia de sangue e lama e terra e treva,
Podridão feita deusa de granito,
Que surges dos mistérios do Infinito
Amamentada na lascívia de Eva.

Tua boca voraz se farta e ceva
Na carne e espalhas o terror maldito,
O grito humano, o doloroso grito
Que um vento estranho para és limbos leva.

Báratros[15], criptas, dédalos atrozes
Escancaram-se aos tétricos, ferozes
Uivos tremendos com luxúria e cio...

Ris a punhais de frígidos sarcasmos
E deve dar congélidos espasmos
O teu beijo de pedra horrendo e frio!...

Em sonhos...

Nos Santos óleos do luar, floria
Teu corpo ideal, com o resplendor da Helade...
E em toda a etérea[16], branda claridade
Como que erravam fluidos de harmonia...

As Águias imortais da Fantasia
Deram-te as asas e a serenidade
Para galgar, subir a Imensidade
Onde o clarão de tantos sóis radia.

15. Infernos
16. Celeste, puro

Do espaço pelos límpidos velinos
Os Astros vieram claros, cristalinos,
Com chamas, vibrações, do alto, cantando...

Nos santos óleos do luar envolto
Teu corpo era o Astro nas esferas solto,
Mais Sóis e mais Estrelas fecundando!

Lubricidade

Quisera ser a serpe venenosa
Que dá-te medo e dá-te pesadelos
Para envolverem, ó Flor maravilhosa,
Nos flavos turbilhões dos teus cabelos.

Quisera ser a serpe veludosa
Para, enroscada em múltiplos novelos,
Saltar-te aos seios de fluidez cheirosa
E babujá-los e depois mordê-los...

Talvez que o sangue impuro e flamejante
Do teu lânguido corpo de bacante[17],
Da langue ondulação de águas do Reno

Estranhamente se purificasse...
Pois que um veneno de áspide vorace[18]
Deve ser morto com igual veneno...

---

17. Sacerdotisa de Baco (deus do vinho)
18. Víbora voraz

Monja

Ó Lua[19], Lua triste, amargurada,
Fantasma de brancuras vaporosas,
A tua nívea luz ciliciada
Faz murchecer e congelar as rosas.

Nas flóridas searas ondulosas,
Cuja folhagem brilha fosforeada,
Passam sombras angélicas, nivosas,
Lua, Monja da cela constelada.

Filtros dormentes dão aos lagos quietos,
Ao mar, ao campo, os sonhos mais secretos,
Que vão pelo ar, noctâmbulos[20], pairando...

Então, ó Monja branca dos espaços,
Parece que abres para mim os braços,
Fria, de joelhos, trêmula, rezando...

Cristo de bronze

Ó Cristos de ouro, de marfim, de prata,
Cristos ideais, serenos, luminosos,
Ensanguentados Cristos dolorosos
Cuja cabeça a Dor e a Luz retrata.

Ó Cristos de altivez intemerata,
Ó Cristos de metais estrepitosos
Que gritam como os tigres venenosos
Do desejo carnal que enerva e mata.

---

19. Novamente a presença do vocativo
20. Sonâmbulo

Cristos de pedra, de madeira e barro...
Ó Cristo humano, estético, bizarro,
Amortalhado nas fatais injúrias...

Na rija cruz aspérrima[21] pregado
Canta o Cristo de bronze do Pecado,
Ri o Cristo de bronze das luxúrias!...

Clamando...

Bárbaros vãos, dementes e terríveis
Bonzos tremendos de ferrenho aspecto,
Ah! deste ser todo o clarão secreto
Jamais pôde inflamar-vos, Impassíveis!

Tantas guerras bizarras e incoercíveis[22]
No tempo e tanto, tanto imenso afeto,
São para vós menos que um verme e inseto
Na corrente vital pouco sensíveis.

No entanto nessas guerras mais bizarras
De sol, clarins e rútilas fanfarras,
Nessas radiantes e profundas guerras...

As minhas carnes se dilaceraram
E vão, das Ilusões que flamejaram,
Com o próprio sangue fecundando as terras...

---

21. Hipérbole de áspero
22. Que não se podem ver

Braços

Braços nervosos, brancas opulências[23],
Brumais brancuras, fulgidas[24] brancuras,
Alvuras castas, virginais[25] alvuras,
Lactescências das raras lactescências.

As fascinantes, mórbidas dormências
Dos teus abraços de letais flexuras,
Produzem sensações de agres torturas,
Dos desejos as mornas florescências.

Braços nervosos, tentadoras serpes
Que prendem, tetanizam como os herpes,
Dos delírios na trêmula coorte...

Pompa de carnes tépidas e flóreas,
Braços de estranhas correções marmóreas,
Abertos para o Amor e para a Morte!

Regina Coeli

Ó Virgem branca, Estrela dos altares,
Ó Rosa pulcra[26] dos Rosais polares!

Branca, do alvor das âmbulas sagradas
E das níveas camélias regeladas.

---

23. Abundantes riquezas
24. Brilhantes
25. Inocentes, intocáveis
26. Bela

Das brancuras de seda sem desmaios
E da lua de linho em nimbo e raios.

Regina Coeli das sidéreas[27] flores,
Hóstia da Extrema-Unção de tantas dores.

Ave de prata e azul, Ave dos astros...
Santelmo aceso, a cintilar nos mastros...

Gôndola etérea de onde o Sonho emerge...
Água Lustral que o meu Pecado asperge[28].

Bandolim do luar, Campo de giesta,
Igreja matinal gorjeando em festa.

Aroma, Cor e Som das Ladainhas
De Maio e Vinha verde dentre as vinhas,

Dá-me através de cânticos, de rezas,
O Bem, que almas acerbas torna ilesas.

O Vinho douro, ideal, que purifica
das seivas juvenis a força rica.

Ah! faz surgir, que brote e que floresça
A Vinha douro e o vinho resplandeça.

Pela Graça imortal dos teus Reinados
Que a Vinha os frutos desabroche iriados.

Que frutos, flores essa Vinha brote
Do céu sob o estrelado chamalote.

Que a luxúria poreje de áureos cachos[29]
E eu um vinho de sol beba aos riachos.

Virgem, Regina, Eucaristia, Coeli,
Vinho é o clarão que teu Amor impele.

Que desabrocha ensanguentadas rosas
Dentro das naturezas luminosas.

---

27. Relativo ao céu
28. Borrifado, com orvalho
29. Angelicais

Ó Regina do Mar! Coeli! Regina!
Ó Lâmpada das naves do Infinito!

Todo o Mistério azul desta Surdina
Vem d'estranhos[30] Missais de um novo Rito!...

Sonho branco

De linho e rosas brancas vais vestido,
Sonho virgem que cantas no meu peito!...
És do Luar o claro deus eleito,
Das estrelas puríssimas nascido.

Por caminho aromal, enflorescido,
Alvo, sereno, límpido, direito,
Segues radiante, no esplendor perfeito,
No perfeito esplendor indefinido...

As aves sonorizam-te o caminho...
E as vestes frescas, do mais puro linho
E as rosas brancas dão-te um ar nevado...

No entanto, ó Sonho branco de quermesse!
Nessa alegria em que tu vais, parece
Que vais infantilmente amortalhado!

---

30. Contração de "de estranhos"

Canção da formosura

Vinho de sol ideal canta e cintila
Nos teus olhos, cintila e aos lábios desce,
Desce a boca cheirosa e a empurpurece,
Cintila e canta após dentre a pupila.

Sobe, cantando, a limpidez tranquila
Da tu'alma estrelada e resplandece,
Canta de novo e na doirada messe
Do teu amor, se perpetua e trila[31]...

Canta e te alaga e se derrama e alaga[32]...
Num rio de ouro, iriante, se propaga
Na tua carne alabastrina e pura.

Cintila e canta na canção das cores,
Na harmonia dos astros sonhadores,
A Canção imortal da Formosura!

Torre de ouro

Desta torre desfraldam-se altaneiras,
Por sóis de céus imensos broqueladas[33],
Bandeiras reais, do azul das madrugadas
E do íris flamejante das poncheiras.

As torres de outras regiões primeiras
No Amor, nas Glórias vãs arrebatadas
Não elevam mais alto, desfraldadas,
Bravas, triunfantes, imortais bandeiras.

---

31. Canta
32. A ideia de um acontecimento cíclico
33. Defesas

São pavilhões das hostes fugitivas,
Das guerras acres, sanguinárias, vivas,
Da luta que os Espíritos ufana[34].

Estandartes heroicos, palpitantes,
Vendo em marcha passe aniquilantes
As torvas catapultas do Nirvana[35]!

Carnal e místico

Pelas regiões tenuíssimas da bruma
Vagam as Virgens e as Estrelas raras...
Como que o leve aroma das searas
Todo o horizonte em derredor perfume.

N'uma evaporação de branca espuma
Vão diluindo as perspectivas claras...
Com brilhos crus e fúlgidos de tiaras
As Estrelas apagam-se uma a uma.

E então, na treva, em místicas dormências
Desfila, com sidéreas lactescências,
Das Virgens o sonâmbulo cortejo...

Ó Formas vagas, nebulosidades!
Essência das eternas virgindades!
Ó intensas quimeras[36] do Desejo...

---

34. Vaidoso
35. Estado de beatitude muito perfeito que é o objetivo supremo do devoto budista
36. Sonhos

A dor

Torva Babel das lágrimas, dos gritos,
Dos soluços, dos ais[37], dos longos brados,
A Dor galgou os mundos ignorados,
Os mais remotos, vagos infinitos.

Lembrando as religiões, lembrando os ritos,
Avassalara os povos condenados,
Pela treva, no horror, desesperados,
Na convulsão de Tântalos aflitos.

Por buzinas e trompas assoprando
As gerações vão todas proclamando
A grande Dor aos frígidos espaços...

E assim parecem, pelos tempos mudos,
Raças de Prometeus[38] titânios, rudos,
Brutos e colossais, torcendo os braços!

Encarnação

Carnais, sejam carnais tantos desejos,
Carnais, sejam carnais tantos anseios,
Palpitações e frêmitos[39] e enleios,
Das harpas da emoção tantos arpejos...

Sonhos, que vão, por trêmulos adejos,
À noite, ao luar, intumescer os seios
Lácteos, de finos e azulados veios
De virgindade, de pudor, de pejos...
Sejam carnais todos os sonhos brumos

---

37. Refere-se à onomatopeia "ai"
38. Personagem da mitologia grega
39. Murmúrios, sussurros

De estranhos, vagos, estrelados rumos
Onde as Visões do amor dormem geladas...

Sonhos, palpitações, desejos e ânsias
Formem, com claridades e fragrâncias,
A encarnação das lívidas Amadas!

Sonhador

Por sóis, por belos sóis alvissareiros,
Nos troféus do teu Sonho irás cantando
As púrpuras romanas arrastando,
Engrinaldado de imortais loureiros.

Nobre guerreiro audaz entre os guerreiros,
Das Ideias as lanças sopesando,
Verás, a pouco e pouco, desfilando
Todos os teus desejos condoreiros...

Imaculado, sobre o lodo imundo,
Há de subir, com as vivas castidades,
Das tuas glórias o clarão profundo.

Há de subir, além de eternidades,
Diante do torvo crocitar do mundo,
Para o branco Sacrário[40] das Saudades!

---

40. Relativo a santo

Noiva da agonia

Trêmula e só, de um túmulo surgindo,
Aparição dos ermos desolados,
Trazes na face os frios tons magoados,
De quem anda por túmulos dormindo...

A alta cabeça no esplendor, cingindo
Cabelos de reflexos irisados,
Por entre auréolas de clarões prateados,
Lembras o aspecto de um luar diluindo...

Não és, no entanto, a torva Morte horrenda,
Atra, sinistra, gélida, tremenda,
Que as avalanches da Ilusão governa...

Mas ah! és da Agonia a Noiva triste
Que os longos braços lívidos abriste
Para abraçar-me para a Vida eterna!

Lua

Clâmides frescas, de brancuras frias,
Finíssimas dalmáticas de neve
Vestem as longas árvores sombrias,
Surgindo a Lua nebulosa e leve...

Névoas e névoas frígidas ondulam...
Alagam lácteos e fulgentes rios
Que na enluarada refração tremulam
Dentre fosforescências, calafrios...

E ondulam névoas, cetinosas rendas
De virginais, de prônubas alvuras...
Vagam baladas e visões e lendas
No flórido noivado das Alturas...

E fria, fluente, frouxa claridade
Flutua como as brumas de um letargo...
E erra no espaço, em toda a imensidade,
Um sonho doente, cilicioso, amargo...

Da vastidão dos páramos serenos,
Das siderais abóbadas cerúleas
Cai a luz em antífonas, em trenos,
Em misticismos, orações e dúlias...

E entre os marfins e as pratas diluídas
Dos lânguidos clarões tristes e enfermos,
Com grinaldas de roxas margaridas
Vagam as Virgens de cismares ermos...

Cabelos torrenciais e dolorosos
Boiam nas ondas dos etéreos gelos.
E os corpos passam níveos, luminosos,
Nas ondas do luar e dos cabelos...

Vagam sombras gentis de mortas, vagam
Em grandes procissões, em grandes alas,
Dentre as auréolas, os clarões que alagam,
Opulências de pérolas e opalas

E a Lua vai clorótica fulgindo
Nos seus alperces etereais e brancos,
A luz gelada e pálida diluindo
Das serranias pelos largos flancos...

Ó Lua das magnólias e dos lírios!
Geleira sideral entre as geleiras!
Tens a tristeza mórbida dos círios
E a lividez da chama das poncheiras!

Quando ressurges, quando brilhas e amas,
Quando de luzes a amplidão constelas,
Com os fulgores glaciais que tu derramas
Dás febre e frio, dás nevrose, gelas...

A tua dor cristalizou-se outrora
Na dor profunda mais dilacerada
E das cores estranhas, ó Astro, agora,
És a suprema Dor cristalizada!...

Satã

Capro e revel, com os fabulosos cornos
Na fronte real de rei dos reis vetustos,
Com bizarros e lúbricos contornos,
Ei-lo Satã dentre os Satãs augustos[41].

Por verdes e por báquicos adornos
Vai c'roado[42] de pâmpanos venustos
O deus pagão dos Vinhos acres, mornos,
Deus triunfador dos triunfadores justos.

Arcangélico e audaz, nos sóis radiantes,
A púrpura das glórias flamejantes,
Alarga as asas de relevos bravos...

O Sonho agita-lhe a imortal cabeça...
E solta aos sóis e estranha e ondeada e espessa
Canta-lhe a juba dos cabelos flavos!

---

41. Referência a Júlio Cesar
42. Contração de "coroado"

Beleza morta

De leve, louro e enlanguescido helianto
Tens a flórea dolência contristada...
Há no teu riso amargo um certo encanto
De antiga formosura destronada.

No corpo, de um letárgico quebranto,
Corpo de essência fina, delicada,
Sente-se ainda o harmonioso canto
Da carne virginal, clara e rosada.

Sente-se o canto errante, as harmonias
Quase apagadas, vagas, fugidias
E uns restos de clarão de Estrela acesa...

Como que ainda os derradeiros haustos
De opulências, de pompas e de faustos[43],
As relíquias saudosas da beleza.

Afra

Ressurges dos mistérios da luxúria,
Afra, tentada pelos verdes pomos,
Entre os silfos magnéticos e os gnomos
Maravilhosos da paixão purpúrea.

Carne explosiva em pólvoras e fúria
De desejos pagãos, por entre assomos
Da virgindade - casquinantes momos
Rindo da carne já votada a incúria.

---

43. Fausto, um protagonista de uma lenda popular alemã de um pacto com o demônio

Votada cedo ao lânguido abandono,
Aos mórbidos delíquios como ao sono,
Do gozo haurindo os venenosos sucos.

Sonho-te a deusa das lascivas pompas,
A proclamar, impávida, por trompas,
Amores mais estéreis que os eunucos[44]!

Primeira comunhão

Grinaldas e véus brancos, véus de neve,
Véus e grinaldas purificadores,
Vão as Flores carnais, as alvas Flores
Do Sentimento delicado e leve.

Um luar de pudor, sereno e breve,
De ignotos e de prônubos pudores,
Erra nos pulcros virginais brancores
Por onde o Amor parábolas descreve...

Luzes claras e augustas, luzes claras
Douram dos templos as sagradas aras,
Na comunhão das níveas hóstias frias...

Quando seios pubentes estremecem,
Silfos de sonhos de volúpia crescem,
Ondulantes, em formas alvadias...

---

44. Homem estéril

Judia

Ah! Judia! Judia impenitente!
De erma e de turva região sombria
De areia fulva, bárbara, inclemente,
Numa desolação, chegaste um dia...

Través o céu mais tórrido, mais quente,
Onde a luz mais flamívoma radia,
A voz dos teus, nostálgica, plangente,
Vibrou, chorou, clamou por ti, Judia!

Ave de melancólicos mistérios,
Ruflaste as asas por Azuis sidérios,
Ébria dos vícios célebres que salvam...

Para alguns corações que ainda te buscam
És como os sóis que rútilos[45] coruscam
E a torva terra do deserto escalvam!

Velhas tristezas

Diluências de luz, velhas tristezas
Das almas que morreram para a luta!
Sois as sombras amadas de belezas
Hoje mais frias do que a pedra bruta.

Murmúrios incógnitos de gruta
Onde o Mar canta os salmos e as rudezas
De obscuras religiões - voz impoluta
De sodas as titânicas grandezas.

---

45. Brilhante

Passai, lembrando as sensações antigas,
Paixões que foram já dóceis amigas,
Na luz de eternos sóis glorificadas.

Alegrias de há tempos! E hoje e agora,
Velhas tristezas que se vão embora
No poente da Saudade amortalhadas!...

Visão da morte

Olhos voltados para mim e abertos
Os braços brancos, os nervosos braços,
Vens d'espaços estranhos, dos espaços
Infinitos, intérminos, desertos...

Do teu perfil os tímidos, incertos
Traços indefinidos, vagos traços
Deixam, da luz nos ouros e nos aços,
Outra luz de que os céus ficam cobertos.

Deixam nos céus uma outra luz mortuária,
Uma outra luz de lívidos martírios,
De agonias, de mágoa funerária...

E causas febre e horror, frio, delírios,
Ó Noiva do Sepulcro, solitária,
Branca e sinistra no clarão dos círios!

Deusa serena

Espiritualizante Formosura
Gerada nas Estrelas impassíveis,
Deusa de formas bíblicas, flexíveis,
Dos eflúvios da graça e da ternura.

Açucena[46] dos vales da Escritura,
Da alvura das magnólias marcessíveis,
Branca Via-Láctea das indefiníveis
Brancuras, fonte da imortal brancura.

Não veio, é certo, dos pauis[47] da terra
Tanta beleza que o teu corpo encerra,
Tanta luz de luar e paz saudosa...

Vem das constelações, do Azul do Oriente,
Para triunfar maravilhosamente
Da beleza mortal e dolorosa!

Tulipa real

Carne opulenta, majestosa, fina,
Do sol gerada nos febris carinhos,
Há músicas, há cânticos, há vinhos
Na tua estranha boca sulferina.

A forma delicada e alabastrina
Do teu corpo de límpidos arminhos
Tem a frescura virginal dos linhos
E da neve polar e cristalina.

---

46. Espécie de lírio, que também pode simbolizar a pureza
47. Pântano

Deslumbramento de luxúria e gozo,
Vem dessa carne o travo aciduloso
De um fruto aberto aos tropicais mormaços.

Teu coração lembra a orgia dos triclínios...
E os reis dormem bizarros e sanguíneos
Na seda branca e pulcra dos teus braços.

Aparição

Por uma estrada de astros e perfumes
A Santa Virgem veio ter comigo[48]:
Doiravam-lhe o cabelo claros lumes
Do sacrossanto resplendor amigo.

Dos olhos divinais no doce abrigo
Não tinha laivos de Paixões e ciúmes:
Domadora do Mal e do perigo
Da montanha da Fé galgara os cumes.

Vestida na alva excelsa[49] dos Profetas
Falou na ideal resignação de Ascetas,
Que a febre dos desejos aquebranta.

No entanto os olhos dela vacilavam,
Pelo mistério, pela dor flutuavam,
Vagos e tristes, apesar de Santa!

---

48. Veio falar comigo
49. Eminente

Vesperal

Tardes de ouro para harpas dedilhadas
Por sacras solenidades
De catedrais em pompa, iluminadas
Com rituais majestades.

Tardes para quebrantos e surdinas
E salmos virgens e cantos
De vozes celestiais, de vozes finas
De surdinas e quebrantos...

Quando através de altas vidraçarias
De estilos góticos, graves,
O sol, no poente, abre tapeçarias,
Resplandecendo nas naves...

Tardes augustas, bíblicas, serenas,
Com silêncio de ascetérios
E aromas leves, castos, de açucenas
Nos claros ares sidéreos...

Tardes de campos repousados, quietos,
Nos longes emocionantes...
De rebanhos saudosos, de secretos
Desejos vagos, errantes...

Ó Tardes de Beethoven, de sonatas,
De um sentimento aéreo e velho...
Tardes da antiga limpidez das pratas,
De Epístolas do Evangelho!...

Dança do ventre

Torva, febril, torcicolosamente,
Numa espiral de elétricos volteios,
Na cabeça, nos olhos e nos seios
Fluíam-lhe os venenos da serpente.

Ah! que agonia tenebrosa e ardente!
Que convulsões, que lúbricos anseios,
Quanta volúpia e quantos bamboleios,
Que brusco e horrível sensualismo quente.

O ventre, em pinchos, empinava todo
Como reptil abjeto sobre o lodo,
Espolinhando e retorcido em fúria.

Era a dança macabra e multiforme
De um verme estranho, colossal, enorme,
Do demônio sangrento da luxúria!

Foederis arca[50]

Visão que a luz dos Astros louros trazes,
Papoula real tecida de neblinas
Leves, etéreas, vaporosas, finas,
Com aromas de lírios e lilazes.

Brancura virgem do cristal das frases,
Neve serene das regiões alpinas,
Willis juncal de mãos alabastrinas,
De fugitivas correções vivazes.

---

50. Arca da Aliança

Floresces no meu Verso como o trigo,
O trigo de ouro dentre o sol floresce
E és a suprema Religião que eu sigo...

O Missal dos Missais, que resplandece,
A igreja soberana que eu bendigo
E onde murmuro a solitária prece!...

Tuberculosa

Alta, a frescura da magnólia fresca,
Da cor nupcial da flor da laranjeira,
Doces tons d'ouro de mulher tudesca
Na veludosa e flava cabeleira.

Raro perfil de mármores exatos,
Os olhos de astros vivos que flamejam,
Davam-lhe o aspecto excêntrico dos cactus
E esse alado das pombas, quando adejam...

Radiava nela a incomparável messe
Da saúde brotando vigorosa,
Como o sol que entre névoas resplandece,
Por entre a fina pele cor-de-rosa.

Era assim luminosa e delicada
Tão nobre sempre de beleza e graça
Que recordava pompas de alvorada,
Sonoridades de cristais de taça.

Mas, pouco a pouco, a ideal delicadeza.
Daquele corpo virginal e fino,
Sacrário da mais límpida beleza,
Perdeu a graça e o brilho diamantino.

Tísica e branca, esbelta, frígida e alta
E fraca e magra e transparente e esguia,
Tem agora a feição de ave pernalta,
De um pássaro alvo de aparência fria.

Mãos liriais e diáfanas, de neve,
Rosto onde um sonho aéreo e polar flutua,
Ela apresenta a fluidez, a leve
Ondulação da vaporosa lua.

Entre as vidraças, como numa estufa
No inverno glacial de vento e chuva
Que sobre as telhas tamborila e rufa,
Vejo-a, talhada em nitidez de luva...

E faz lembrar uma esquisita planta
De profundos pomares fabulosos
Ou a angélica imagem de uma Santa
Dentre a auréola de nimbos religiosos.

A enfermidade vai-lhe, palmo a palmo,
Ganhando o corpo, como num terreno...
E com prelúdios místicos de salmo
Cai-lhe a vida em crepúsculo sereno.

Jamais há de ela ter a cor saudável
Para que a carne do seu corpo goze,
Que o que tinha esse corpo de inefável
Cristalizou-se na tuberculose.

Foge ao mundo fatal, arbusto débil,
Monja magoada dos estranhos ritos,
Ó trêmula harpa soluçante, flébil[51],
Ó soluçante, flébil eucaliptus...

---

51. Choroso, fraco

Flor do mar

És da origem do mar, vens do secreto,
Do estranho mar espumaroso e frio
Que põe rede de sonhos ao navio,
E o deixa balouçar, na vaga, inquieto.

Possuis do mar o deslumbrante afeto,
As dormências nervosas e o sombrio
E torvo aspecto aterrador, bravio
Das ondas no atro e proceloso aspecto.

Num fundo ideal de púrpuras e rosas
Surges das águas mucilaginosas
Como a lua entre a névoa dos espaços...

Trazes na carne o eflorescer das vinhas,
Auroras, virgens músicas marinhas,
Acres aromas de algas e sargaços...

Dilacerações

Ó carnes que eu amei sangrentamente,
Ó volúpias letais e dolorosas,
Essências de heliotropos e de rosas
De essência morna, tropical, dolente...

Carnes virgens e tépidas do Oriente
Do Sonho e das Estrelas fabulosas,
Carnes acerbas e maravilhosas,
Tentadoras do sol intensamente...

Passai, dilaceradas pelos zeros,
Através dos profundos pesadelos
Que me apunhalam de mortais horrores...

Passai, passai, desfeitas em tormentos,
Em lágrimas, em prantos, em lamentos,
Em ais, em luto, em convulsões, em cores...

Regenerada

De mãos postas, à luz de frouxos círios
Rezas para as Estrelas do Infinito,
Para os Azuis dos siderais Empíreos
Das Orações o doloroso rito.

Todos os mais recônditos martírios,
As angústias mortais, teu lábio aflito
Soluça, em preces de luar e lírios,
Num trêmulo de frases inaudito[52].

Olhos, braços e lábios, mãos e seios,
Presos, d'estranhos, místicos enleios,
Já nas Mágoas estão divinizados.

Mas no teu vulto ideal e penitente
Parece haver todo o calor veemente
Da febre antiga de gentis Pecados.

---

52. Nunca ouvido

Sentimentos carnais

Sentimentos carnais, esses que agitam
Todo o teu ser e o tornam convulsivo...
Sentimentos indômitos que gritam
Na febre intensa de um desejo altivo.

Ânsias mortais, angústias que palpitam,
Vãs dilacerações de um sonho esquivo,
Perdido, errante, pelos céus, que fitam
Do alto, nas almas, o tormento vivo.

Vãs dilacerações de um Sonho estranho,
Errante, como ovelhas de um rebanho,
Na noite de hóstias de astros constelada...

Errante, errante, ao turbilhão dos ventos,
Sentimentos carnais, vãos sentimentos
De chama pelos tempos apagada...

Cristais

Mais claro e fino do que as finas pratas
O som da tua voz deliciava...
Na dolência velada das sonatas
Como um perfume a tudo perfumava.

Era um som feito luz, eram volatas
Em lânguida espiral que iluminava,
Brancas sonoridades de cascatas...
Tanta harmonia melancolizava.

Filtros sutis de melodias, de ondas
De cantos volutuosos como rondas
De silfos leves, sensuais, lascivos...

Como que anseios invisíveis, mudos,
Da brancura das sedas e veludos,
Das virgindades, dos pudores vivos.

Sinfonias do ocaso

Musselinosas como brumas diurnas
Descem do acaso as sombras harmoniosas,
Sombras veladas e musselinosas
Para as profundas solidões noturnas.

Sacrários virgens, sacrossantas urnas,
Os céus resplendem de sidéreas rosas,
Da lua e das Estrelas majestosas
Iluminando a escuridão das furnas.

Ah! por estes sinfônicos ocasos
A terra exala aromas de áureos vasos,
Incensos de turíbulos divinos.

Os plenilúnios[53] mórbidos vaporam...
E como que no Azul plangem e choram
Cítaras, harpas, bandolins, violinos...

---

53. Lua cheia

Rebelado

Ri tua face um riso acerbo e doente,
Que fere, ao mesmo tempo que contrista...
Riso de ateu e riso de budista
Gelado no Nirvana impenitente.

Flor de sangue, talvez, e flor dolente
De uma paixão espiritual de artista,
Flor de Pecado sentimentalista
Sangrando em riso desdenhosamente.

Da alma sombria de tranquilo asceta
Bebeste, entanto, a morbidez secreta
Que a febre das insânias adormece.

Mas no teu lábio convulsivo e mudo
Mesmo até riem, com desdéns de tudo,
As sílabas simbólicas da Prece!

Música misteriosa...

Tenda de Estrelas níveas, refulgentes,
Que abris a doce luz de alampadários,
As harmonias dos Estradivarius
Erram da Lua nos clarões dormentes...

Pelos raios fluídicos, diluentes
Dos Astros, pelos trêmulos velários,
Cantam Sonhos de místicos templários,
De ermitões e de ascetas reverentes...

Cânticos vagos, infinitos, aéreos
Fluir parecem dos Azuis etéreos,
Dentre os nevoeiros do luar fluindo...

E vai, de Estrela a Estrela, a luz da Lua,
Na láctea claridade que flutua,
A surdina das lágrimas subindo...

Serpente de cabelos

A tua trança negra e desmanchada
Por sobre o corpo nu, torso inteiriço,
Claro, radiante de esplendor e viço,
Ah! lembra a noite de astros apagada.

Luxúria deslumbrante e aveludada
Através desse mármore maciço
Da carne, o meu olhar nela espreguiço
Felinamente, nessa trance ondeada.

E fico absorto, num torpor de coma,
Na sensação narcótica do aroma,
Dentre a vertigem túrbida dos zeros.

És a origem do Mal, és a nervosa
Serpente tentadora e tenebrosa,
Tenebrosa serpente de cabelos!

Post mortem

Quando do amor das Formas inefáveis
No teu sangue apagar-se a imensa chama,
Quando os brilhos estranhos e variáveis
Esmorecerem nos troféus da Fama.

Quando as níveas Estrelas invioláveis,
Doce velário que um luar derrama,
Nas clareiras azuis ilimitáveis
Clamarem tudo o que o teu Verso clama.

Já terás para os báratros descido,
Nos cilícios da Morte revestido,
Pés e faces e mãos e olhos gelados...

Mas os teus Sonhos e Visões e Poemas
Pelo alto ficarão de eras supremas
Nos relevos do Sol eternizados!

Alda

Alva, do alvor das límpidas geleiras,
Desta ressumbra candidez de aromas...
Parece andar em nichos e redomas
De Virgens medievais que foram freiras.

Alta, feita no talhe das palmeiras,
A coma de ouro, com o cetim das comas,
Branco esplendor de faces e de pomas
Lembra ter asas e asas condoreiras.

Pássaros, astros, cânticos, incensos
Formam-lhe aureoles, sóis, nimbos imensos
Em torno a carne virginal e rara.

Alda fez meditar nas monjas alvas,
Salvas do Vício e do Pecado salvas,
Amortalhadas na pureza clara.

Acrobata da dor

Gargalha, ri, num riso de tormenta,
Como um palhaço, que desengonçado,
Nervoso, ri, num riso absurdo, inflado
De uma ironia e de uma dor violenta.

Da gargalhada atroz, sanguinolenta,
Agita os guizos, e convulsionado
Salta, gavroche[54], salta clown, varado
Pelo estertor dessa agonia lenta...

Pedem-te bis e um bis não se despreza!
Vamos! Retesa os músculos, retesa
Nessas macabras piruetas d'aço...

E embora caias sobre o chão, fremente,
Afogado em teu sangue estuoso e quente
Ri! Coração, tristíssimo palhaço.

---

54. Esperto, travesso

Angelus...

Ah! lilazes de Ângelus harmoniosos,
Neblinas vesperais, crepusculares,
Guslas[55] gementes, bandolins saudosos,
Plangências magoadíssimas dos ares...

Serenidades etereais d'incensos,
De salmos evangélicos, sagrados,
Saltérios, harpas dos Azuis imensos,
Névoas de céus espiritualizados.

Ângelus fluidos, de luar dormente,
Diafaneidades e melancolias...
Silêncio vago, bíblico, pungente
De todas as profundas liturgias.

É nas horas dos Ângelus, nas horas
Do claro-escuro emocional aéreo,
Que surges, Flor do Sol, entre as sonoras
Ondulações e brumas do Mistério.

Surges, talvez, do fundo de umas eras
De doloroso e turvo labirinto,
Quando se esgota o vinho das Quimeras
E os venenos românticos do absinto.

Apareces por sonhos neblinantes
Com requintes de graça e nervosismos,
Fulgores flavos de festins flamantes,
Como a Estrela Polar dos Simbolismos.

Num enlevo supremo eu sinto, absorto,
Os teus maravilhosos e esquisitos
Tons siderais de um astro rubro e morto,
Apagado nos brilhos infinitos.

---

55. Instrumento musical usado no oriente

O teu perfil todo o meu ser esmalta
Numa auréola imortal de formosuras
E parece que rútilo ressalta
De góticos missais de iluminuras.

Ressalta com a dolência das Imagens,
Sem a forma vital, a forma viva,
Com os segredos da Lua nas paisagens
E a mesma palidez meditativa.

Nos êxtases dos místicos os braços
Abro, tentado de carnal beleza...
E cuido ver, na bruma dos espaços,
De mãos postas, a orar, Santa Teresa!...

Lembranças apagadas

Outros, mais do que o meu, finos olfatos,
Sintam aquele aroma estranho e belo
Que tu, ó Lírio lânguido, singelo,
Guardaste nos teus íntimos recatos.

Que outros se lembrem dos sutis e exatos
Traços, que hoje não lembro e não revelo
E se recordem, com profundo anelo,
Da tua voz de siderais contatos...

Mas eu, para lembrar mortos encantos,
Rosas murchas de graças e quebrantos,
Linhas, perfil e tanta dor saudosa,

Tanto martírio, tanta mágoa e pena,
Precisaria de uma luz serene,
De uma luz imortal maravilhosa!...

Supremo desejo

Eternas, imortais origens vivas
Da Luz, do Aroma, segredantes vozes
Do mar e luares de contemplativas,
Vagas visões volúpicas, velozes...

Aladas alegrias sugestivas
De asa radiante e branca de albornozes,
Tribos gloriosas, fulgidas, altivas,
De condores e de águias e albatrozes...

Espiritualizai nos Astros louros,
Do sol entre os clarões imorredouros
Toda esta dor que na minh'alma clama...

Quero vê-la subir, ficar cantando
Na chama das Estrelas, dardejando[56]
Nas luminosas sensações da chama.

Sonata

I
Do imenso Mar maravilhoso, amargos,
Marulhosos murmurem compungentes
Cânticos virgens de emoções latentes,
Do sol nos mornos, mórbidos letargos...

II
Canções, leves canções de gondoleiros,
Canções do Amor, nostálgicas baladas,
Cantai com o Mar, com as ondas esverdeadas,
De lânguidos e trêmulos nevoeiros!

56. Irradiando

III
Tritões marinhos, belos deuses rudes,
Divindades dos tártaros abismos,
Vibrai, com os verdes e acres eletrismos
Das vagas, flautas e harpas e alaúdes!

IV
O Mar supremo, de flagrância crua,
De pomposas e de ásperas realezas,
Cantai, cantai os tédios e as tristezas
Que erram nas frias solidões da Lua...

Majestade caída

Esse cornoide deus funambulesco[57]
Em torno ao qual as Potestades rugem,
Lembra os trovões, que tétricos estrugem,
No riso alvar de truão[58] carnavalesco.

De ironias o momo picaresco
Abre-lhe a boca e uns dentes de ferrugem,
Verdes gengivas de ácida salsugem
Mostra e parece um Sátiro dantesco.

Mas ninguém nota as cóleras horríveis,
Os chascos, os sarcasmos impassíveis
Dessa estranha e tremenda Majestade.

Do torvo deus hediondo, atroz, nefando,
Senil, que embora, rindo, está chorando
Os Noivados em flor da Mocidade!

---

57. Extravagante
58. Bobo, palhaço

Incensos

Dentre o chorar dos trêmulos violinos,
Por entre os sons dos órgãos soluçantes
Sobem nas catedrais os neblinantes
Incensos vagos, que recordam hinos...

Rolos d'incensos alvadios, finos
E transparentes, fulgidos, radiantes,
Que elevam-se aos espaços, ondulantes,
Em Quimeras e Sonhos diamantinos.

Relembrando turíbulos de prata
Incensos aromáticos desata
Teu corpo ebúrneo, de sedosos flancos.

Claros incensos imortais que exalam,
Que lânguidas e límpidas trescalam
As luas virgens dos teus seios brancos.

Luz dolorosa...

Fulgem da Luz os Viáticos serenos,
Brancas Extrema-Unções dos hostiários:
As Estrelas dos límpidos Sacrários
A nívea Lua sobre a paz dos fenos.

Há prelúdios e cânticos e trenos
Tristes, nos ares ermos, solitários...
E nos brilhos da Luz, vagos e vários,
Há dor, há luto, há convulsões, venenos...

Estranhas sensações maravilhosas
Percorrem pelos cálices das rosas,
Sensações sepulcrais de larvas frias...

Como que ocultas áspides flexíveis
Mordem da Luz os germens invisíveis
Com o tóxico das cóleras sombrias...

Tortura eterna

Impotência cruel, ó vã tortura!
Ó Força inútil, ansiedade humana!
Ó círculos dantescos da loucura!
Ó luta, ó luta secular, insana!

Que tu não possas, Alma soberana,
Perpetuamente refulgir na Altura,
Na Aleluia da Luz, na clara Hosana
Do Sol, cantar, imortalmente pura.

Que tu não posses, Sentimento ardente,
Viver, vibrar nos brilhos do ar fremente,
Por entre as chamas, os clarões supernos.

Ó Sons intraduzíveis, Formas, Cores!...
Ah! que eu não possa eternizar as cores
Nos bronzes e nos mármores eternos!

FIM

Faróis

Recolta de estrelas

(1 out. 1895)
A Tibúrcio de Freitas

Filho meu, de nome escrito
Da minh'alma no Infinito.

Escrito a estrelas e sangue
No farol da lua langue...

Das tuas asas serenas
Faz manto para estas penes.

Dá-me a esmola de um carinho
Como a luz de um claro vinho.

Com tua mão pequenina
Caminhos em flor me ensina.

Com teu riso fresco e suave
Oh! Dá-me do encanto a chave.

Do teu florão de Inocência
Dá-me as roses da Clemência.

Como outro Jesus bambino[59],
Esclarece-me o Destino.

Traz luz ao mundano pego[60]
Onde sigo, mudo e cego...

Com teus enleios e graça
Nos meus cuidados perpassa.

Este peito acende, inflama
Na mais sacrossanta chama.

---

59. Menino
60. Abismo

Faz brotar nevados lírios
Das cruzes dos meus martírios.

Dá-me um sol de estranho brilho,
Flor das lágrimas, meu filho.

Rebento triste, orvalhado
Com tanto pranto chorado.

Filho das ânsias, das ânsias,
Das misteriosas fragrâncias,

Filho de aromas secretos
E de desejos inquietos.

De suspiros anelantes
E impaciências clamantes.

Filho meu, tesouro mago
De todo esse afeto vago...

Filho meu, torre mais alta
De onde o meu amor se exalta.

Ânfora azul, de onde o incenso
dos sonhos se eleva denso.

Constelação flamejada
De toda esta vida ansiada.

Crisol[61] onde lento, lento
Purifico o Sentimento.

Íris curioso onde giro
E alucinado deliro.

Signo dos signos extremos
Destes tormentos supremos.

Orbita de astros onde pairo
E em febre de luz desvairo.

---

61. Cadinho

Vertigem, vertigem viva
Da paixão mais convulsiva.

Traz-me unção, traz-me concórdia
E paz e misericórdia.

Do teu sorriso a frescura
Rios de ouro abra, na Altura.

Abra, acenda labaredas,
Iluminando-me as quedas.

Flor noturna da luxúria
Brotada de haste purpúrea.

Dos teus olhos dadivosos
Escorram óleos preciosos...

Óleos cândidos, dos mundos
Maravilhosos, profundos.

Óleos virgens se derramem
E o meu viver embalsamem.

Embalsamem de eloquentes,
Celestes dons prefulgentes.

Para que eu possa com calma
Erguer os castelos da alma.

Para que eu durma tranquilo
Lá no sepulcral Sigilo.

Ó meu Filho, ó meu eleito
Deslumbramento perfeito.

Traz novo esplendor ao facho
Com que altos Mistérios acho

Meu Filho, frágil e terno,
Socorre-me do atro Inferno.

Onde vibram gládios duros
Por ergástulos escuros.

E cruzam flamíneas, fortes,
Negras vidas, negras mortes.

Onde tecem Satanases
Sete círculos vorazes...

Recorda!

Quando a onda dos desejos inquietantes,
Que do peito transborda,
Morrer, enfim, nas amplidões distantes,
Recorda-te, recorda...

Revive dessa música já finda
Que nas estrelas dorme.
Volta-te ao mundo sedutor ainda
Da ilusão multiforme!

Volta, recorda eternamente, volta
Aos faróis da Esperança,
Do Sonho estranho as grandes asas solta
À celeste Bonança.

Recorda mágoas, lágrimas e risos
E soluços e anseios...
Revive dos nevoeiros indecisos
E dos vãos devaneios.

Revive! Goza! Desolado, embora,
Sorrindo e soluçando,
Erguendo os véus de já passada aurora,
Recordando e sonhando...

Cada alma tem seu íntimo recato
Numa estrela perdida
E cada coração intemerato
Tem na estrela uma vida.

Aplica o ouvido a correnteza fria
Dos golfões da matéria
E recorda de que lama sombria
E composta a miséria.

Recorda! Sonha! Nas estrelas erra,
Beduíno do Espaço
Aos sonhos brancos, que não são da Terra,
Dá, sorrindo, o teu braço...

Dá o teu braço, pelos céus sorrindo
E recordando parte
E hás de entender os claros céus, sentindo
Que andas a recordar-te.

Bate a porta dos Astros solitários
Dos eternos Fulgores,
Em busca desses mortos visionários,
Almas de sonhadores.

Ah! volta a infância dos primeiros beijos,
Dos momentos sidéreos,
Volta a sede dos últimos desejos,
Dos primeiros mistérios!

Ah! volta aos desenganos primitivos,
Volta a essência dos anos,
Volta aos espectros tristemente vivos,
Ah! volta aos desenganos!

Volta aos serenos, flóridos oásis[62],
Volta aos hinos profundos,
Volta as eflorescências dos Lilazes,
Volta, volta a esses mundos!

Fique na Sombra e no Silêncio d'alma
Todo o teu ser dolente,
Para tranquilo, com ternura e calma,
Recordar docemente...

Na Sombra então e no Silêncio denso,
Como em mágicas plagas,
Faz acender o alampadário imenso
Das recordações vagas...

---

62. Pequena região fértil no deserto pela presença de água

Pousa a cabeça, meigamente pousa
Nesse augusto Quebranto
E nem da Terra a mais ligeira cousa
Te desperte do Encanto.

Para o Amor, para a Dor e para o Sonho
Nas Esferas transborda...
E entre um soluço e um segredo risonho
Recorda-te, recorda...

Canção do bêbado

Na lama e na noite triste
Aquele bêbado ri!
Tu'alma velha onde existe?
Quem se recorda de ti?

Por onde andam teus gemidos,
Os teus noctâmbulos ais?
Entre os bêbados perdidos
Quem sabe do teu – jamais?

Por que é que ficas à lua
Contemplativo, a vagar?
Onde a tua noiva nua
Foi tão depressa a enterrar?

Que flores de graça doente
Tua fronte vem florir
Que ficas amargamente
Bêbado, bêbado a rir?

Que vês tu nessas jornadas?
Onde está o teu jardim
E o teu palácio de fadas,
Meu sonâmbulo arlequim[63]?

---

63. Palhaço

De onde trazes essa bruma,
Toda essa névoa glacial
De flor de lânguida espuma,
Regada de óleo mortal?

Que soluço extravagante,
Que negro, soturno fel
Põe no teu ser doudejante
A confusão da Babel?

Ah! das lágrimas insanas
Que ao vinho misturas bem,
Que de visões sobre-humanas
Tu'alma e teus olhos tem!

Boca abismada de vinho,
Olhos de pranto a correr,
Bendito seja o carinho
Que já te faça morrer!

Sim! Bendita a cova estreita
Mais larga que o mundo vão,
Que possa conter direita
A noite do teu caixão!

A flor do diabo

Branca e floral como um jasmim-do-Cabo
Maravilhosa ressurgiu um dia
A fatal Criação do fulvo Diabo,
Eleita do pecado e da Harmonia.

Mais do que tudo tinha um ar funesto,
Embora tão radiante e fabulosa.
Havia sutilezas no seu gesto
De recordar uma serpente airosa.

Branca, surgindo das vermelhas chamas
Do Inferno inquisitor, corrupto e langue,
Ela lembrava, Flor de excelsas famas,
A Via-Láctea sobre um mar de sangue.

Foi num momento de saudade e tédio,
De grande tédio e singular Saudade,
Que o Diabo, já das culpas sem remédio,
Para formar a egrégia[64] majestade,

Gerou, da poeira quente das areias
Das praias infinitas do Desejo,
Essa langue sereia das sereias,
Desencantada com o calor de um beijo.

Sobre galpões de sonho os seus palácios
Tinham bizarros e galhardos luxos.
Mais grave de eloquência que os Horácios,
Vivia a vida dos perfeitos bruxos.

Sono e preguiça, mais preguiça e sono,
Luxúrias de nababo[65] e mais luxúrias,
Moles coxins de lânguido abandono
Por entre estranhas florações purpúreas.

Às vezes, sob o luar, nos rios mortos,
Na vaga ondulação dos lagos frios,
Boiavam diabos de chavelhos tortos,
E de vultos macabros, fugidios.

A lua dava sensações inquietas
As paisagens avérnicas em torno
E alguns demônios com perfis de ascetas
Dormiam no luar um sono morno...

Foi por horas de Cisma, horas etéreas
De magia secreta e triste, quando
Nas lagoas letíficas, sidéreas,
O cadáver da lua vai boiando...

Foi numa dessas noites taciturnas
Que o velho Diabo, sábio dentre os sábios,

---

64. Ilustre
65. Homem rico

Desencantado o seu poder das furnas,
Com o riso augusto a flamejar nos lábios,

Formou a flor de encantos esquisitos
E de essências esdrúxulas e finas,
Pondo nela oscilantes infinitos
De vaidades e graças femininas.

E deu-lhe a quint'essência dos aromas,
Sonoras harpas de alma, extravagancias,
Pureza hostial e púbere[66] de pomas,
Toda a melancolia das distancias...

Para haver mais requinte e haver mais viva,
Doce beleza e original carícia,
Deu-lhe uns toques ligeiros de ave esquiva
E uma auréola secreta de malícia.

Mas hoje o Diabo já senil, já fóssil,
Da sua Criação desiludido,
Perdida a antiga ingenuidade dócil,
Chora um pranto noturno de Vencido.

Como do fundo de vitrais, de frescos
De góticas capelas isoladas,
Chora e sonha com mundos pitorescos,
Na nostalgia das Regiões Sonhadas.

---

66. Quem chegou na puberdade

As estrelas

Lá, nas celestes regiões distantes,
No fundo melancólico da Esfera,
Nos caminhos da eterna Primavera
Do amor, eis as estrelas palpitantes.

Quantos mistérios andarão errantes,
Quantas almas em busca da Quimera,
Lá, das estrelas nessa paz austera
Soluçarão, nos altos céus radiantes.

Finas flores de pérolas e prata,
Das estrelas serenas se desata
Toda a caudal das ilusões insanas.

Quem sabe, pelos tempos esquecidos,
Se as estrelas não são os ais perdidos
Das primitivas legiões humanas?!

Pandemonium[67]

A Maurício Jubim

Em fundo de tristeza e de agonia
O teu perfil passa-me noite e dia.

Aflito, aflito, amargamente aflito,
Num gesto estranho que parece um grito.

E ondula e ondula e palpitando vaga,
Como profunda, como velha chaga.

---

67. Pandemônio

E paira sobre ergástulos[68] e abismos
Que abrem as bocas cheias de exorcismos.

Com os olhos vesgos, a flutuar de esguelha,
Segue-te atrás uma visão vermelha.

Uma visão gerada do teu sangue
Quando no Horror te debateste exangue,

Uma visão que é tua sombra pura
rodando na mais trágica tortura.

A sombra dos supremos sofrimentos
Que te abalaram como negros ventos.

E a sombra as tuas voltas acompanha
Sangrenta, horrível, assombrosa, estranha.

E o teu perfil no vácuo perpassando
Vê rubros caracteres flamejando.

Vê rubros caracteres singulares
De todos os festins de Baltazares.

Por toda a parte escrito em fogo eterno:
Inferno! Inferno! Inferno! Inferno! Inferno!

E os emissários espectrais das mortes
Abrindo as grandes asas flamifortes...

E o teu perfil oscila, treme, ondula,
Pelos abismos eternais circula...

Circula e vai gemendo e vai gemendo
E suspirando outro suspiro horrendo.

E a sombra rubra que te vai seguindo
Também parece ir soluçando e rindo.

Ir soluçando, de um soluço cavo
Que dos venenos traz o torvo travo.

---

68. Cárcere

Ir soluçando e rindo entre vorazes
Satanismos diabólicos, mordazes.

E eu já nem sei se e realidade ou sonho
Do teu perfil o divagar medonho.

Não sei se e sonho ou realidade todo
Esse acordar de chamas e de lodo.

Tal é a poeira extrema confundida
Da morte a raios de ouro de outra Vida.

Tais são as convulsões do último arranco
Presas a um sonho celestial e branco.

Tais são os vagos círculos inquietos
Dos teus giros de lágrimas secretos.

Mas, de repente, eis que te reconheço,
Sinto da tua vida o amargo preço.

Eis que te reconheço escravizada,
Divina Mãe, na Dor acorrentada.

Que reconheço a tua boca presa
Pela mordaça de uma sede acesa

Presa, fechada pela atroz mordaça
Dos fundos desesperos da Desgraça.

Eis que lembro os teus olhos visionários
Cheios do fel de bárbaros Calvários.

E o teu perfil asas abrir parece
Para outra Luz onde ninguém padece...

Com doçuras feéricas e meigas
De Satãs juvenis, ao luar, nas veigas.

E o teu perfil forma um saudoso vulto
Como de Santa sem altar, sem culto.

Forma um vulto saudoso e peregrino
De força que voltou ao seu destino.

De ser humano que sofrendo tanto
Purificou-se nos Azuis do Encanto.

Subiu, subiu e mergulhou sozinho,
Desamparado, no fetal caminho.

Que lá chegou transfigurado e aéreo,
Com os aromas das flores do Mistério.

Que lá chegou e as mortas portas mudas
Fez abalar de imprecações agudas...

E vai e vai o teu perfil ansioso,
De ondulações fantásticas, brumoso.

E vai perdido e vai perdido, errante,
Trêmulo, triste, vaporoso, ondeante.

Vai suspirando, num suspiro vivo
Que palpita nas sombras incisivo...

Um suspiro profundo, tão profundo
Que arrasta em si toda a paixão do mundo.

Suspiro de martírio, de ansiedade,
De alívio, de mistério, de saudade.

Suspiro imenso, aterrador e que erra
Por tudo e tudo eternamente aterra...

O pandemonium de suspiros soltos
Dos condenados corações revoltos.

Suspiro dos suspiros ansiados
Que rasgam peitos de dilacerados.

E mudo e pasmo e compungido e absorto,
Vendo o teu lento e doloroso giro,

Fico a cismar qual é o rio morto
Onde vai divagar esse suspiro.

Envelhecer

Flor de indolência, fina e melindrosa,
Cativante sereia da esperança,
Cedo tiveste a crença dolorosa
De quanto a vida é velha e como cansa...

Na lânguida, na morna morbideza
Do teu amargo e triste celibato,
Tu te fechaste para a Natureza
Como a lua no célico recato.

No fundo delicado dos teus seios
Foste esconder os sentimentos vagos,
E todos os dolentes devaneios
Das estrelas sonhando a flor dos lagos.

Todas as altas celas de ouro e prata
De teu claustro de Virgem sem afeto
Fecharam sobre tu'alma timorata[69]
Austeras portas, com fragor secreto.

No entanto, havia no teu corpo ondeante
As delícias sutis de um céu fugace...
E era talvez o encanto mais picante
A graça aldeã do teu nariz rapace.

Teus olhos tinham certa magoa nobre
E certo fundo de doirado abismo
E a malícia que logo se descobre
Em olhos de felino narcotismo.

Mas na boca trazias todo o oculto
Toque sombrio de ironia grave...
E como que as belezas do teu vulto
Abriam asas peregrinas de ave.

Tinhas na boca esse elixir ardente
Da volúpia mortal dos gozos e essa

69. Acanhado, tímido

Chama de boca, feita unicamente
Para no gozo envelhecer depressa.

E envelheceste tanto, muito cedo,
Sumiu-se tão depressa o teu encanto,
Foi tão falaz o sedutor segredo
Do teu carnal e lânguido quebranto!

Envelheceste para os vãos idílios,
Para os estranhos estremecimentos,
Para os brilhos iriantes dos teus cílios
E para os sepulcrais esquecimentos.

Envelheceste para os vãos amores,
E para os olhos, para as mãos que abrias
Como dois talismãs de brancas flores
E de leves e doces harmonias...

Presa, sem ar, sem sol, crepusculada
No celibato que não tem perfume
De todo envelheceste abandonada,
Já como um ser que não provoca ciúme.

Envelhecer é reduzir a vida
A sentimentos de tristeza austera,
Enclausurá-la numa grave ermida
De luto e de silêncio sem quimera.

E envelhecer na juventude flórea,
Do celibato emurchecido lírio
E ficar sob os pálios da ilusória
Melancolia, como a luz de um círio...

Envelhecer assim, virgem e forte,
E cerrar contra o mundo a rósea porta
Do Amor e apenas esperar a Morte,
A alma já muda, há muito tempo morta.

Envelheces de tédio, de cansaço,
D'ilusões e de cismas e de penes,
Como envelhece no celeste espaço
O turbilhão das estrelas serenas.

O Amor os corações fez interditos
Ao teu magoado coração cativo

E apagou-te os sublimes infinitos
Do seu clarão fecundador e vivo.

Hoje envelheces na clausura imensa,
Dentro de um sonho pálido feneces.
Tua beleza veste névoa densa,
Em surdinas e sombras envelheces.

De pranto e luar, num desolado misto,
Cai a noite na tua puberdade
E como a Rediviva do Imprevisto,
Erras e sonhas pela Eternidade!

Flores da lua

Brancuras imortais da Lua Nova
Frios de nostalgia e sonolência...
Sonhos brancos da Lua e viva essência
Dos fantasmas noctívagos da Cova.

Da noite a tarda e taciturna trova
Soluça, numa tremula dormência...
Na mais branda, mais leve florescência
Tudo em Visões e Imagens se renova.

Mistérios virginais dormem no Espaço,
Dormem o sono das profundas seivas,
Monótono, infinito, estranho e lasso...

E das Origens na luxúria forte
Abrem nos astros, nas sidéreas leivas
Flores amargas do palor da Morte.

Tédio

Vala comum de corpos que apodrecem,
E esverdeada gangrene[70]
Cobrindo vastidões que fosforescem
Sobre a esfera terrena.

Bocejo torvo de desejos turvos,
Languescente bocejo
De velhos diabos de chavelhos curvos
Rugindo de desejo.

Sangue coalhado, congelado, frio,
Espasmado nas veias...
Pesadelo sinistro de algum rio
De sinistras sereias...

Alma sem rumo, a modorrar de sono,
Mole, túrbida, lassa...
Monotonias lúbricas[71] de um mono
Dançando numa praça...

Mudas epilepsias, mudas, mudas,
Mudas epilepsias,
Masturbações mentais, fundas, agudas,
Negras nevrostenias.

Flores sangrentas do soturno vício
Que as almas queima e morde...
Música estranha de fetal suplício,
Vago, mórbido acorde...

Noite cerrada para o Pensamento
Nebuloso degredo
Onde em cavo clangor surdo do vento
Rouco pragueja o medo.

Plaga vencida por tremendas pragas,
Devorada por pestes,

---

70. Apodrecimento de uma parte do corpo
71. Escorregadias

Esboroada pelas rubras chagas
Dos incêndios celestes.

Sabor de sangue, Lágrimas e terra
Revolvida de fresco,
Guerra sombria dos sentidos, guerra,
Tantalismo dantesco.

Silêncio carregado e fundo e denso
Como um poço secreto,
Dobre pesado, carrilhão imenso
Do segredo inquieto...

Florescência do Mal, hediondo parto
Tenebroso do crime,
Pandemonium feral de ventre farto
Do Nirvana sublime.

Delírio contorcido, convulsivo
De felinas serpentes,
No silamento e no mover lascivo
Das caudas e dos dentes.

Porco lúgubre, lúbrico, trevoso
Do tábido[72] pecado,
Fuçando colossal, formidoloso
Nos lodos do passado.

Ritmos de forças e de graças mortas,
Melancólico exílio,
Difusão de um mistério que abre portas
Para um secreto idílio...

Ócio das almas ou requinte delas,
Quint'essências, velhices
De luas de nevroses amarelas,
Venenosas meiguices.

Insônia morna e doente dos Espaços,
Letargia funérea,
Vermes, abutres a correr pedaços
Da carne deletéria.

---

72. Corrupto

Um misto de saudade e de tortura,
De lama, de ódio e de asco,
Carnaval infernal da Sepultura,
Risada do carrasco.

Ó tédio amargo, ó tédio dos suspiros,
Ó tédio d'ansiedades!
Quanta vez eu não subo nos teus giros
Fundas eternidades!

Quanta vez envolvido do teu luto
Nos sudários profundos
Eu, calado, a tremer, ao longe, escuto
Desmoronarem mundos!

Os teus soluços, todo o grande pranto,
Taciturnos gemidos,
Fazem gerar flores de amargo encanto
Nos corações doridos.

Tédio! que pões nas almas olvidadas[73]
Ondulações de abismo
E sombras vesgas, lívidas, paradas,
No mais feroz mutismo!

Tédio do Réquiem do Universo inteiro,
Morbus negro, nefando,
Sentimento fatal e derradeiro
Das estrelas gelando...

O Tédio! Rei da Morte! Rei boêmio!
Ó Fantasma enfadonho!
És o sol negro, o criador, o gêmeo,
Velho irmão do meu sonho!

73. Esquecidas

Lírio astral

Lírio astral, ó lírio branco
Ó lírio astral,
No meu derradeiro arranco
Sê cordial!

Perfuma de graça leve
O meu final
Com o doce perfume breve,
Ó lírio astral!

Dá-me esse óleo sacrossanto
Toda a caudal
Do óleo casto do teu pranto,
Ó lírio astral!

Traz-me o alivio dos alívios,
Ó virginal,
Ó lírio dos lírios níveos,
Ó Lírio astral!

Dentre as sonatas da lua
Celestial,
Lírio, vem, Lírio, flutua,
Ó Lírio astral!

Dos raios das noites de ouro,
Do Roseiral,
Do constelado tesouro,
Ó lírio astral!

Desprende o fino perfume
Etereal
E vem do celeste fume,
Ó lírio astral!

Da maviosa suavidade
Do céu floral
Traz a meiga claridade,
Ó lírio astral!

Que bendita e sempre pura
E divinal
Seja-me a tua frescura,
Ó lírio astral!

Que ela, enfim, me transfigure,
Na hora fatal
E os meus sentidos apure,
Ó lírio astral!

Que tudo que me é avaro
De luz vital,
Nessa hora se tome claro,
Ó lírio astral!

Que portas de astros, rasgadas
Num céu lirial,
Eu veja desassombradas,
Ó lírio astral!

Que eu possa, tranquilo, vê-las,
Limpo do mal,
Essas mil portas de estrelas
Ó lírio astral!

E penetrar nelas, calmo,
Na paz mortal,
Como um davídico salmo,
O lírio astral!

Vento velho que soluça
Meu Sonho ideal,
No Infinito se debruça,
Ó lírio astral!

Por isso, lá, no Momento,
Na hora fetal,
Perfuma esse velho vento
Ó lírio astral!

Traz a graça do Infinito,
Graça imortal,
Ao velho Sonho proscrito,
Ó lírio astral!

Adoça-me o derradeiro
Sonho feral
O lírio do astral Cruzeiro
Ó lírio astral!

Se, o Lírio, ó doce Lírio
De luz boreal
Na morte o meu claro círio,
Ó lírio astral!

Perfuma, Lírio, perfume,
Na hora glacial[74],
Meu Sonho de Sol, de Bruma,
Ó lírio astral!

Que eu suba na tua essência
Sacramental
Para a excelsa Transcendência,
Ó lírio astral!

E lá, nas Messes divinas,
Paire, eternal,
Nas Esferas cristalinas,
Ó lírio astral!

Sem esperança

Ó cândidos fantasmas da Esperança,
Meigos espectros do meu vão Destino,
Volvei a mim nas leves ondas do Hino
Sacramental de Bem-aventurança.

Nas veredas da vida a alma não cansa
De vos buscar pelo Vergel divino
Do céu sempre estrelado e diamantino
Onde toda a alma no Perdão descansa.

---

74. Fria

Na volúpia da dor que me transporta,
Que este meu ser transfunde nos Espaços,
Sinto-te longe, ó Esperança morta.

E em vão alongo os vacilantes passos
À procura febril da tua porta,
Da ventura celeste dos teus braços.

Caveira

I
Olhos que foram olhos, dois buracos
Agora, fundos, no ondular da poeira...
Nem negros, nem azuis e nem opacos.
Caveira!

II
Nariz de linhas, correções audazes,
De expressão aquilina e feiticeira,
Onde os olfatos virginais, falazes?!
Caveira! Caveira!!

III
Boca de dentes límpidos e finos,
De curve leve, original, ligeira,
Que é feito dos teus risos cristalinos?!
Caveira! Caveira!! Caveira!!!

Réquiem do sol

Águia triste do Tédio, sol cansado,
Velho guerreiro das batalhas fortes!
Das ilusões as trêmulas coortes
Buscam a luz do teu clarão magoado...

A tremenda avalanche do Passado
Que arrebatou tantos milhões de mortes
Passa em tropel de trágicos Mavortes
Sobre o teu coração ensanguentado...

Do alto dominas vastidões supremas
Águia do Tédio presa nas algemas
Da Legenda imortal que tudo engelha...

Mas lá, na Eternidade, de onde habitas,
Vagam finas tristezas infinitas,
Todo o mistério da beleza velha!

Esquecimento

Ó Estrelas tranquilas, esquecidas
No seio das Esferas,
Velhos bilhões de lágrimas, de vidas,
Refulgentes Quimeras.

Astros que recordais infâncias de ouro,
Castidades serenas,
Irradiações de mágico tesouro,
Aromas de açucenas.

Rosas de luz do céu resplandecente
Ó Estrelas divinas,

Sereias brancas da região do Oriente
Ó Visões peregrinas!

Aves de ninhos de frouxéis de prata
Que cantais no Infinito
As Letras da Canção intemerata
Do Mistério bendito.

Turíbulos de graça e encantamento
Das sidérias umbelas[75],
Desvendai-me as Mansões do Esquecimento
Radiantes sentinelas.

Dizei que palidez de mortos lírios
Há por estas estradas
E se terminam todos os martírios
Nas brumas encantadas.

Se nessas brumas encantadas choram
Os anseios da Terra,
Se os lírios mortos que há por lá se auroram
De púrpuras de guerra.

Se as que há por cá titânicas cegueiras,
Atordoadas vitórias
Embebedam os seres nas poncheiras
E no gozo das glórias!

O céu é o berço das estrelas brancas
Que dormem de cansaço...
E das almas olímpicas e francas
O ridente regaço...

Só ele sabe, o claro céu tranquilo
Dos grandes resplendores,
Qual é das almas o eternal sigilo,
Qual o cunho das cores.

Só ele sabe, o céu das quint'essências,
O Esquecimento ignoto
Que tudo envolve nas letais diluências
De um ocaso remoto...

---

75. Sombrinha

O Esquecimento é flor, sutil, celeste,
De palidez risonha.
A alma das coisas languemente veste
De um véu, como quem sonha.

Tudo no esquecimento se adelgaça...
E nas zonas de tudo
Na candura de tudo, extremo, passa
Certo mistério mudo.

Como que o coração fica cantando
Porque, trêmulo, esquece,
Vivendo a vida de quem vai sonhando
E no sonho estremece...

Como que o coração fica sorrindo
De um modo grave e triste,
Languidamente a meditar, sentindo
Que o esquecimento existe.

Sentindo que um encanto etéreo e mago,
Mas um lívido encanto,
Põe nos semblantes um luar mais vago,
Enche tudo de pranto.

Que um concerto de suplicas de magoa,
De martírios secretos,
Vai os olhos tornando rasos d'água
E turvando os objetos...

Que um soluço cruel, desesperado
Na garganta rebenta...
Enquanto o Esquecimento alucinado
Move a sombra nevoenta!

O rio roxo e triste, Ó rio morto,
O rio roxo, amargo...
Rio de vãs melancolias de Horto
Caídas do céu largo!

Rio do esquecimento tenebroso,
Amargamente frio,
Amargamente sepulcral, lutuoso,
Amargamente rio!

Quanta dor nessas ondas que tu levas,
Nessas ondas que arrastas,
Quanto suplício nessas tuas trevas,
Quantas lágrimas castas!

Ó meu verso, ó meu verso, ó meu orgulho,
Meu tormento e meu vinho,
Minha sagrada embriaguez e arrulho
De aves formando ninho.

Verso que me acompanhas no Perigo
Como lança preclara,
Que este peito defende do inimigo
Por estrada tão rara!

O meu verso, ó meu verso soluçante,
Meu segredo e meu guia,
Tem dó de mim lá no supremo instante
Da suprema agonia.

Não te esqueças de mim, meu verso insano,
Meu verso solitário,
Minha terra, meu céu, meu vasto oceano,
Meu templo, meu sacrário.

Embora o esquecimento vão dissolva
Tudo, sempre, no mundo,
Verso! que ao menos o meu ser se envolva
No teu amor profundo!

Esquecer e andar entre destroços
Que além se multiplicam,
Sem reparar na lividez dos ossos
Nem nas cinzas que ficam...

É caminhar por entre pesadelos,
Sonâmbulo perfeito,
Coberto de nevoeiros e de gelos,
Com certa ânsia no peito.

Esquecer é não ter lágrimas puras,
Nem asas para beijos
Que voem procurando sepulturas
E queixas e desejos!

Esquecimento! eclipse de horas mortas.
Relógio mudo, incerto,
Casa vazia... de cerradas portas,
Grande vácuo, deserto.

Cinza que cai nas almas, que as consome,
Que apaga toda a flama,
Infinito crepúsculo sem nome,
Voz morta a voz que a chama.

Harpa da noite, irmã do Imponderável,
De sons langues e enfermos,
Que Deus com o seu mistério formidável
Faz calar pelos ermos.

Solidão de uma plaga extrema e nua,
Onde trágica e densa
Chora seus lírios virginais a lua
Lividamente imensa.

Silêncio dos silêncios sugestivos,
Grito sem eco, eterno
Sudário dos Azuis contemplativos,
Florescência do Inferno.

Esquecimento! Fluido estranho, de ânsias,
De negra majestade,
Soluço nebuloso das Distancias
Enchendo a Eternidade!

Violões que choram...

(jan. 1897)

Ah! plangentes violões dormentes, mornos,
Soluços ao luar, choros ao vento...
Tristes perfis, os mais vagos contornos,
Bocas murmurejantes de lamento.

Noites de além, remotas, que eu recordo,
Noites da solidão, noites remotas
Que nos azuis da Fantasia bordo,
Vou constelando de visões ignotas.

Sutis palpitações a luz da lua,
Anseio dos momentos mais saudosos,
Quando lá choram na deserta rua
As cordas vivas dos violões chorosos.

Quando os sons dos violões vão soluçando,
Quando os sons dos violões nas cordas gemem,
E vão dilacerando e deliciando,
Rasgando as almas que nas sombras tremem.

Harmonias que pungem, que laceram,
Dedos Nervosos e ágeis que percorrem
Cordas e um mundo de dolências geram,
Gemidos, prantos, que no espaço morrem...

E sons soturnos, suspiradas magoas,
Mágoas amargas e melancolias,
No sussurro monótono das águas,
Noturnamente, entre ramagens frias.

Vozes veladas, veludosas vozes,
Volúpias dos violões, vozes veladas,
Vagam nos velhos vórtices velozes
Dos ventos, vivas, vãs, vulcanizadas.

Tudo nas cordas dos violões ecoa
E vibra e se contorce no ar, convulso...

Tudo na noite, tudo clama e voa
Sob a febril agitação de um pulso.

Que esses violões nevoentos e tristonhos
São ilhas de degredo atroz, funéreo,
Para onde vão, fatigadas do sonho
Almas que se abismaram no mistério.

Sons perdidos, nostálgicos, secretos,
Finas, diluídas, vaporosas brumas,
Longo desolamento dos inquietos
Navios a vagar a flor de espumas.

Oh! languidez, languidez infinita,
Nebulosas de sons e de queixumes,
Vibrado coração de ânsia esquisita
E de gritos felinos de ciúmes!

Que encantos acres nos vadios rotos[76]
Quando em toscos violões, por lentas horas,
Vibram, com a graça virgem dos garotos,
Um concerto de lágrimas sonoras!

Quando uma voz, em trêmolos, incerta,
Palpitando no espaço, ondula, ondeia,
E o canto sobe para a flor deserta
Soturna e singular da lua cheia.

Quando as estrelas mágicas florescem,
E no silêncio astral da Imensidade
Por lagos encantados adormecem
As pálidas ninfeias da Saudade!

Como me embala toda essa pungência,
Essas lacerações como me embalam,
Como abrem asas brancas de clemência
As harmonias dos Violões que falam!

Que graça ideal, amargamente triste,
Nos lânguidos bordões plangendo passa...
Quanta melancolia de anjo existe
Nas visões melodiosas dessa graça.

---

76. Rompidos

Que céu, que inferno, que profundo inferno,
Que ouros, que azuis, que lágrimas, que risos,
Quanto magoado sentimento eterno
Nesses ritmos trêmulos e indecisos...

Que anelos sexuais de monjas belas
Nas ciliciadas carnes tentadoras,
Vagando no recôndito das celas,
Por entre as ânsias dilaceradoras...

Quanta plebeia castidade obscura
Vegetando e morrendo sobre a lama,

Proliferando sobre a lama impura,
Como em perpétuos turbilhões de chama.

Que procissão sinistra de caveiras,
De espectros, pelas sombras mortas, mudas.
Que montanhas de dor, que cordilheiras
De agonias aspérrimas e agudas.

Véus neblinosos, longos véus de viúvas
Enclausuradas nos ferais desterros
Errando aos sóis, aos vendavais e às chuvas,
Sob abóbadas lúgubres de enterros;

Velhinhas quedas e velhinhos quedos
Cegas, cegos, velhinhas e velhinhos
Sepulcros vivos de senis segredos,
Eternamente a caminhar sozinhos;

E na expressão de quem se vai sorrindo,
Com as mãos bem juntas e com os pés bem juntos
E um lenço preto o queixo comprimindo,
Passam todos os lívidos defuntos...

E como que há histéricos espasmos
na mão que esses violões agita, largos...
E o som sombrio é feito de sarcasmos
E de sonambulismos e letargos.

Fantasmas de galés de anos profundos
Na prisão celular atormentados,

Sentindo nos violões os velhos mundos
Da lembrança fiel de áureos passados;

Meigos perfis de tísicos[77] dolentes
Que eu vi dentre os vilões errar gemendo,
Prostituídos de outrora, nas serpentes
Dos vícios infernais desfalecendo;

Tipos intonsos, esgrouviados, tortos,
Das luas tardas sob o beijo níveo,
Para os enterros dos seus sonhos mortos
Nas queixas dos violões buscando alivio;

Corpos frágeis, quebrados, doloridos,
Frouxos, dormentes, adormidos, langues
Na degenerescência dos vencidos
De toda a geração, todos os sangues;

Marinheiros que o mar tornou mais fortes,
Como que feitos de um poder extremo
Para vencer a convulsão das mortes,
Dos temporais o temporal supremo;

Veteranos de todas as campanhas,
Enrugados por fundas cicatrizes,
Procuram nos violões horas estranhas,
Vagos aromas, cândidos, felizes.

Ébrios antigos, vagabundos velhos,
Torvos despojos da miséria humana,
Têm nos violões secretos Evangelhos,
Toda a Bíblia fatal da dor insana.

Enxovalhados, tábidos palhaços
De carapuças, máscaras e gestos
Lentos e lassos, lúbricos, devassos,
Lembrando a florescência dos incestos;

Todas as ironias suspirantes
Que ondulam no ridículo das vidas,
Caricaturas tétricas e errantes
Dos malditos, dos réus, dos suicidas;

---

77. Pessoa muito magra

Toda essa labiríntica nevrose
Das virgens nos românticos enleios;
Os ocasos do Amor, toda a clorose
Que ocultamente lhes lacera os seios;

Toda a mórbida música plebeia
De requebros de faunos e ondas lascivas;
A langue, mole e morna melopeia
Das valsas alanceadas, convulsivas;

Tudo isso, num grotesco desconforme,
Em ais de dor, em contorsões de açoites,
Revive nos violões, acorda e dorme
Através do luar das meias noites!

Olhos do sonho

(jan. 1897)

Certa noite soturna, solitária,
Vi uns olhos estranhos que surgiam
Do fundo horror da terra funerária
Onde as visões sonâmbulas dormiam...

Nunca da terra neste leito raso
Com meus olhos mortais, alucinados...
Nunca tais olhos divisei acaso
Outros olhos eu vi transfigurados.

A luz que os revestia e alimentava
Tinha o fulgor das ardentias vagas,
Um demônio noctâmbulo espiava
De dentro deles como de ígneas[78] plagas.

E os olhos caminhavam pela treva
Maravilhosos e fosforescentes...

---

78. Ardente

Enquanto eu ia como um ser que leva
Pesadelos fantásticos, trementes.

Na treva só os olhos, muito abertos,
Seguiam para mim com majestade,
Um sentimento de cruéis desertos
Me apunhalava com atrocidade.

Só os olhos eu via, só os olhos
Nas cavernas da treva destacando:
Faróis de augúrio nos ferais escolhos,
Sempre, tenazes, para mim olhando...

Sempre tenazes para mim, tenazes,
Sem pavor e sem medo, resolutos,
Olhos de tigres e chacais vorazes
No instante dos assaltos mais astutos.

Só os olhos eu via! – o corpo todo
Se confundia com o negror em volta...
Ó alucinações fundas do lodo
Carnal, surgindo em tenebrosa escolta!

E os olhos me seguiam sem descanso,
Suma perseguição de atras voragens,
Nos narcotismos dos venenos mansos,
Como dois mudos e sinistros pajens.

E nessa noite, em todo meu percurso,
Nas voltas vagas, vãs e vacilantes
Do meu caminho, esses dois olhos de urso
Lá estavam tenazes e constantes.

Lá estavam eles, fixamente eles,
Quietos, tranquilos, calmos e medonhos...
Ah! quem jamais penetrará naqueles
Olhos estranhos dos eternos sonhos!

Enclausurada

Ó Monja dos estranhos sacrifícios,
Meu amor imortal, Ave de garras
E asas gloriosas, triunfais, bizarras,
Alquebradas ao peso dos cilícios.

Reclusa flor que os mais revéis flagícios
Abalaram com as trágicas fanfarras,
Quando em formas exóticas de jarras
Teu corpo tinha a embriaguez dos vícios.

Para onde foste, ó graça das mulheres,
Graça viçosa dos vergéis de Ceres
Sem que o meu pensamento te persiga?!

Por onde eternamente enclausuraste
Aquela ideal delicadeza de haste,
De esbelta e fina ateniense antiga?!

Música da morte...

A música da Morte, a nebulosa,
Estranha, imensa musica sombria,
Passa a tremer pela minh'alma e fria
Gela, fica a tremer, maravilhosa...

Onda nervosa e atroz, onda nervosa,
Letes sinistro e torvo da agonia,
Recresce a lancinante sinfonia,
Sobe, numa volúpia dolorosa...

Sobe, recresce, tumultuando e amarga,
Tremenda, absurda, imponderada e larga,
De pavores e trevas alucina...

E alucinando e em trevas delirando,
Como um Ópio letal, vertiginando,
Os meus nervos, letárgica, fascina...

Monja negra

É teu esse espaço, e teu todo o Infinito
Transcendente Visão das lágrimas nascida,
Bendito o teu sentir, para sempre bendito
Todo o teu divagar na Esfera indefinida!

Através de teu luto as estrelas meditam
Maravilhosamente e vaporosamente;
Como olhos celestiais dos Arcanjos nos fitam
Lá do fundo negror do teu luto plangente.

Almas sem rumo já, corações sem destino
Vão em busca de ti, por vastidões incertas...
E no teu sonho astral, mago e luciferino,
Encontram para o amor grandes portas abertas.

Cândida Flor que aroma e tudo purifica,
Trazes sempre contigo as sutis virgindades
E uma caudal preciosa, interminável, rica,
De raras sugestões e curiosidades.

As belezas do mito, as grinaldas de louro,
Os priscos ouropéis, os símbolos já vagos,
Tudo forma o painel de um velho fundo de ouro
De onde surges enfim como as visões dos lagos.

Certa graça cristã, certo excelso abandono
De Deusa que emigrou de regiões de outrora,
Certo aéreo sentir de esquecimento e outono,
Trazem-te as emoções de quem medita e chora.

És o imenso crisol, és o crisol profundo
Onde se cristalizam todas as belezas,
És o néctar da Fé, de que eu melhor me inundo.
Ó néctar divinal das místicas purezas.

Ó Monja soluçante! Ó Monja soluçante,
Ó Monja do Perdão, da paz e da clemência,
Leva para bem longe este Desejo errante,
Desta febre letal toda secreta essência.

Nos teus golfos de Além, nos lagos taciturnos,
Nos pélagos sem fim, vorazes e medonhos,
Abafa para sempre os soluços noturnos,
E as dilacerações dos formidáveis Sonhos!

Não sei que Anjo fatal, que Satã fugitivo,
Que gênios infernais, magnéticos, sombrios,
Deram-te as amplidões e o sentimento vivo
Do mistério com todos os seus calafrios...

A lua vem te dar mais trágica amargura,
E mais desolação e mais melancolia,
E as estrelas, do céu na Eucaristia pura,
Têm a mágoa velada da Virgem Maria.

Ah! Noite original, noite desconsolada
Monja da solidão, espiritual e augusta,
Onde fica o teu reino, a região vedada,
A região secreta, a região vetusta?!

Almas dos que não tem o refúgio supremo
De altas contemplações, dos mais altos mistérios,
Vinde sentir da Noite o Isolamento extremo,
Os fluidos imortais, angelicais, etéreos.

Vinde ver como são mais castos e mais belos,
Mais puros que os do dia os noturnos vapores:
Por toda a parte no ar levantam-se castelos
E nos parques do céu há quermesses de amores.

Volúpias, seduções, encantos feiticeiros
Andam a embalsamar teu seio tenebroso
E as águias da Ilusão, de voos altaneiros,
Crivam de asas triunfais o horizonte onduloso.

Cavaleiros do Ideal, de erguida lança em riste,
Sonham, a percorrer teus velhos Paços cavos...
E esse nobre esplendor de majestade triste
Recebe outros lauréis mais bizarros e bravos.

Convulsivas paixões, convulsivas nevroses,
Recordações senis nos teus aspectos vagam,
Mil alucinações, mortas apoteoses[79]
E mil filtros sutis que mornamente embriagam.

O grande Monja negra e transfiguradora,
Magia sem igual dos paramos[80] eternos,
Quem assim te criou, selvagem Sonhadora,
Da carícia de céus e do negror d'infernos?

Quem auréolas te deu assim miraculosas
E todo o estranho assombro e todo o estranho medo,
Quem pôs na tua treva ondulações nervosas,
E mudez e silêncio e sombras e segredo?

---

79. Glorificações
80. Céu, firmamento

Mas ah! quanto consolo andar errando, errando,
Perdido no teu Bem, perdido nos teus braços,
Nos noivados da Morte andar além sonhando,
Na unção sacramental dos teus negros Espaços!

Que glorioso troféu andar assim perdido
Na larga vastidão do mudo firmamento,
Na noite virginal ocultamente ungido,
Nas transfigurações do humano sentimento!

Faz descer sobre mim os brandos véus da calma,
Sinfonia da Dor, ó Sinfonia muda,
Voz de todo o meu Sonho, ó noiva da minh'alma,
Fantasma inspirador das Religiões de Buda.

O negra Monja triste, ó grande Soberana,
Tentadora Visão que me seduzes tanto,
Abençoa meu ser no teu doce Nirvana,
No teu Sepulcro ideal de desolado encanto!

Hóstia negra e feral da comunhão dos mortos,
Noite criadora, mãe dos gnomos, dos vampiros,
Passageira senil dos encantados portos,
Ó cego sem bordão da torre dos suspiros...

Abençoa meu ser, unge-o dos óleos castos,
Enche-o de turbilhões de sonâmbulas aves,
Para eu me difundir nos teus Sacrários vastos,
Para me consolar com os teus Silêncios graves.

Inexorável

Ó meu Amor, que já morreste,
Ó meu Amor, que morta estas!
Lá nessa cova a que desceste,
Ó meu Amor, que já morreste,
Ah! nunca mais floresceras?!

Ao teu esquálido[81] esqueleto,
Que tinha outrora de uma flor
A graça e o encanto do amuleto;
Ao teu esquálido esqueleto
Não voltará novo esplendor?!

E ah! o teu crânio sem cabelos,
Sinistro, seco, estéril, nu...
(Belas madeixas dos meus zelos!)
E ah! o teu crânio sem cabelos
Há de ficar como estás tu?!

O teu nariz de asa redonda,
De linhas límpidas, sutis
Oh! há de ser na lama hedionda
O teu nariz de asa redonda
Comido pelos vermes vis?!

Os teus dois olhos – dois encantos –
De tudo, enfim, maravilhar,
Sacrário augusto dos teus prantos,
Os teus dois olhos – dois encantos –
Em dois buracos vão ficar?!

A tua boca perfumosa
O céu do néctar sensual
Tão casta, fresca e luminosa,
A tua boca perfumosa
Vai ter o cancro sepulcral?!

---

81. Sujo

As tuas mãos de nívea seda,
De veias cândidas e azuis
Vão se extinguir na noite treda
As tuas mãos de nívea seda,
Lá nesses lúgubres pauis?!

As tuas tentadoras pomas
Cheias de um magnífico elixir
De quentes, cálidos aromas
As tuas tentadoras pomas
Ah! nunca mais hão de florir?!

A essência virgem da beleza,
O gesto, o andar, o sol da voz
Que Iluminava de pureza,
A essência virgem da beleza
Tudo acabou no horror atroz?!

Na funda treva dessa cova,
Na inexorável podridão
Já te apagaste, Estrela nova,
Na funda treva dessa cova
Na negra Transfiguração!

Réquiem

Como os salmos dos Evangelhos celestiais,
Os sonhos que eu amei hão de acabar,
Quando o meu corpo, trêmulo, dos velhos
Nos gelados outonos penetrar.

O rosto encarquilhado e as mãos já frias,
Engelhadas, convulsas, a tremer,
Apenas viverei das nostalgias
Que fazem para sempre envelhecer.

Por meus olhos sem brilho e fatigados
Como sombras de outrora, passarão

As ilusões de uns olhos constelados
Que da Vida dourarão-me a Ilusão.

Mas tudo, enfim, as bocas perfumosas,
O mar, o campo e tudo quanto amei,
As auroras, o sol, pássaros, rosas,
Tudo rirá do estado a que cheguei.

Do brilho das estrelas cristalinas
Virá um riso irônico de dor,
E da minh'alma subirão neblinas,
Incensos vagos, cânticos de amor.

Por toda parte o amargo escárnio fundo,
Sem já mais nada para mim florir,
As risadas vandálicas do mundo
Secos desdéns por toda a parte a rir.

Que hão de ser vãos esforços da memória
Para lembrar os tempos virginais,
As rugas da matéria transitória
Hão de lá estar como a dizer: -- jamais!

E hei de subir transfigurado e lento
Altas montanhas cheias de visões,
Onde gelaram, num luar, nevoento,
Tantos e solitários corações.

Recordarei as íntimas ternuras,
De seres raros, porém mortos já,
E de mim, do que fui, pelas torturas
Deste viver pouco me lembrará.

O mundo clamará sinistramente
Daquele que a velhice alquebra e alui...
Mas ah! por mais que clame toda a gente
Nunca dirá o que de certo eu fui.

E os dias frios e ermos da Existência
Cairão num crepúsculo mortal,
Na soluçante, mística plangência
Dos órgãos de uma estranha catedral.

Para me ungir no derradeiro e ansioso
Olhar que a extrema comoção traduz,
Sob o celeste pálio majestoso
Hão de passar os Viáticos da luz.

Visão

Noiva de Satanás, Arte maldita,
Mago Fruto letal e proibido,
Sonâmbula do Além, do Indefinido
Das profundas paixões, Dor infinita.

Astro sombrio, luz amarga e aflita,
Das Ilusões tantálico gemido,
Virgem da Noite, do luar dorido,
Com toda a tua Dor oh! sê bendita!

Seja bendito esse clarão eterno
De sol, de sangue, de veneno e inferno,
De guerra e amor e ocasos de saudade...

Sejam benditas, imortalizadas
As almas castamente amortalhadas
Na tua estranha e branca Majestade!

Pressago

Nas águas daquele lago
Dormita a sombra de Iago...

Um véu de luar funéreo
Cobre tudo de mistério...

Há um lívido abandono
Do luar no estranho sono.

Transfiguração enorme
Encobre o luar que dorme...

Dá meia-noite na ermida,
Como o último ai de uma vida.

São badaladas nevoentas,
Sonolentas, sonolentas...

Do céu no estrelado luxo
Passa o fantasma de um bruxo.

No mar tenebroso e tetro
Vaga de um naufrago o espectro.

Como fantásticos signos,
Erram demônios malignos.

Na brancura das ossadas
Gemem as almas penadas

Lobisomens, feiticeiras
Gargalham no luar das eiras.
Os vultos dos enforcados
Uivam nos ventos irados.

Os sinos das torres frias
Soluçam hipocondrias.

Luxúrias de virgens mortas
Das tumbas rasgam as portas.

Andam torvos pesadelos
Arrepiando os cabelos.

Coalha nos lodos abjetos
O sangue roxo dos fetos.

Há rios maus, amarelos
De presságio de flagelos.

Das vesgas concupiscências
Saem vis fosforescências.

Os remorsos contorcidos
Mordem os ares pungidos.

A alma cobarde de Judas
Recebe expressões comudas.

Negras aves de rapina
Mostram a garra assassina.

Sob o céu que nos oprime
Languescem formas de crime.

Com os mais sinistros furores,
Saem gemidos das flores.

Caveiras! Que horror medonho!
Parecem visões de um sonho!

A morte com Sancho Panca,
Grotesca e trágica dança.

E como um símbolo eterno,
Ritmos dos Ritmos do inferno.

No lago morto, ondulando,
Dentre o luar noctivagando,

O corvo hediondo crocita[82]
Da sombra d'Iago maldita!

---

82. Grita

Ressurreição

Alma! Que tu não chores e não gemas,
Teu amor voltou agora.
Ei-lo que chega das mansões extremas,
Lá onde a loucura mora!

Veio mesmo mais belo e estranho, acaso,
Desses lívidos países,
Mágica flor a rebentar de um vaso
Com prodigiosas raízes.

Veio transfigurada e mais formosa
Essa ingênua natureza,
Mais ágil, mais delgada, mais nervosa,
Das essências da Beleza.

Certo neblinamento de saudade
Mórbida envolve-a de leve...
E essa diluente espiritualidade
Certos mistérios descreve.

O meu Amor voltou de aéreas curvas,
Das paragens mais funestas...
Veio de percorrer torvas e turvas
E funambulescas festas.

As festas turvas e funambulescas
Da exótica Fantasia,
Por plagas[83] cabalísticas, dantescas,
De estranha selvageria.

Onde carrascos de tremendo aspecto
Como astros monstros circulam
E as meigas almas de sonhar inquieto
Barbaramente estrangulam.

Ele andou pelas plagas da loucura,
O meu Amor abençoado,

---

83. Região

Banhado na poesia da Ternura,
No meu Afeto banhado.

Andou! Mas afinal de tudo veio
Mais transfigurado e belo,
Repousar no meu seio o próprio seio
Que eu de lágrimas estréio.

De lágrimas de encanto e ardentes beijos,
Para matar, triunfante,
A sede ideal de místico desejo
De quando ele andou errante.

E lágrimas, que enfim, caem ainda
Com os mais acres dos sabores
E se transformam (maravilha infinda!)
Em maravilhas de flores!

Ah! que feliz um coração que escuta
As origens de que é feito!
E que não é nenhuma pedra bruta
Mumificada no peito!

Ah! que feliz um coração que sente
Ah! tudo vivendo intenso
No mais profundo borbulhar latente
Do seu fundo foco imenso!

Sim! eu agora posso ter deveras
Ironias sacrossantas...
Posso os braços te abrir, Luz das esferas,
Que das trevas te levantas.

Posso mesmo já rir de tudo, tudo
Que me devora e me oprime.
Voltou-me o antigo sentimento mudo
Do teu olhar que redime.

Já não te sinto morta na minh'alma
Como em câmara mortuária,
Naquela estranha e tenebrosa calma
De solidão funerária.

Já não te sinto mais embalsamada
No meu carinho profundo,
Nas mortalhas da Graça amortalhada,
Como ave voando do mundo.

Não! não te sinto mortalmente envolta
Na névoa que tudo encerra...
Doce espectro do pó, da poeira solta
Deflorada pela terra.

Não sinto mais o teu sorrir macabro
De desdenhosa caveira.
Agora o coração e os olhos abro
Para a Natureza inteira!

Negros pavores sepulcrais e frios
Além morreram com o vento...
Ah! como estou desafogado em rios
De rejuvenescimento!

Deus existe no esplendor d'algum Sonho,
Lá em alguma estrela esquiva.
Só ele escuta o soluçar medonho
E torna a Dor menos viva.

Ah! foi com Deus que tu chegaste, é certo,
Com a sua graça espontânea
Que emigraste das plagas do Deserto
Nu, sem sombra e sol, da Insânia!

No entanto como que volúpias vagas
Desses horrores amargos,
Talvez recordação daquelas plagas
Dão-te esquisitos letargos...

Porém tu, afinal, ressuscitaste
E tudo em mim ressuscita.
E o meu Amor, que repurificaste,
Canta na paz infinita!

Enlevo

Da doçura da Noite, da doçura
De um tenro coração que vem sorrindo,
Seus segredos recônditos abrindo
Pela primeira vez, a luz mais pura.

Da doçura celeste, da ternura
De um Bem consolador que vai fugindo
Pelos extremos do horizonte infindo,
Deixando-nos somente a Desventura.

Da doçura inocente, imaculada
De uma carícia virginal da Infância,
Nessa de rosas fresca madrugada.

Era assim tua cândida fragrância,
Arcanjo ideal de auréola delicada,
Visão consoladora da Distância...

Piedosa

A Nestor Vitor

Não sei por que, magoada Flor sem glória,
A tua voz de trêmula meiguice
Desperta em mim a mocidade flórea
De sentimentos que não tem velhice.

Guslas de um céu remotamente mudo
Gemem plangentes nessa voz que voa
E através dela, abençoando tudo,
Um luar de perdões desabotoa.

Vejo-te então sublimemente triste
E excelsa e doce, num anseio lento,
Vagando como um ser que não existe,
Transfigurada pelo Sofrimento.

Mas, não sei como, vejo-te por brumas,
Além da de ouro constelada Porta,
Na ondulação das lívidas espumas,
Morta, já morta, muito morta, morta...

E sinto logo esse supremo e sábio
Travo da dor, se morta te antevejo,
Essa macabra contração de lábio
Que morde e tantaliza o meu desejo.

Fico sempre a cismar, se tu morresses
Que angustia fina me laceraria,
Que músicas de céus saudosos, desses
Céus infinitos sobre mim fluiria...

Que anjos brancos soberbos, deslumbrantes,
Resplandecentes nos broqueis das vestes,
Claros e altos voariam flamejantes
Para buscar-te, dos Azuis Celestes.

Sim! Sim! Pois então tanta e atroz fadiga,
Tanta e tamanha dor convulsa e cega
Há de ficar sem doce luz amiga,
Da lágrima dos céus, que tudo rega?!

As batalhas cruéis do sacrifício,
As transfigurações dos teus calvários,
Essas virtudes, rolarão com o vício
Pelos mesmos abismos tumultuários?!

Toda a obscura pureza dos teus feitos,
A tua alma mais simples do que a água,
Essa bondade, todos os eleitos
Sentimentos que tens de flor da Mágoa;

Nada se salvará jamais, mais nada
Se salvará, no instante derradeiro?!
Ó interrogação desesperada,
Errante, errante pelo mundo inteiro!

Nada se salvará da essência viva
Que tudo purifica e refloresce;
De tanta fé, de tanta luz altiva
De tanta abnegação, de tanta prece?!

Nada se salvará, piedosa e pobre
Flor desdenhada pelo Mal ufano,
Só o meu coração e verso nobre
Hão de abrigar-te do desprezo humano.

Na transcendência do teu ser, tão alta,
Vejo dos céus como que os dons, a esmola,
O indefinido que de ti ressalta
Me prende, me arrebata e me consola.

E sinto que a tua alma desprendida
Do terrestre, do negro labirinto
Melhor há de adorar-me na outra
Vida Melhor sentindo tudo quanto eu sinto.

Porque não é por sentimento vago,
Nem por simples e vã literatura,
Nem por caprichos de um estilo mago
Que sinto tanto a tua essência pura.

Não é por transitória veleidade[84]
E para que o mundo reconheça,
Que sinto a tua cândida Piedade,
As auréolas de Luz dessa cabeça.

Não é para que o mundo te proclame
Maravilha das mártires, das santas
Que eu digo sempre ao meu Amor que te ame
Mesmo através de tantas ânsias, tantas.

Nem é também para que o mundo creia
Na humilde limpidez da tua alma justa,
Que o mundo, vil e vão, desdenha e odeia
Toda a humildade, toda a crença augusta.

Mas sinto porque te amo e te acompanho
Pelas montanhas de onde sóis saudosos

---

84. Vontade imperfeita

Clarões e sombras de um mistério estranho
Espalham, como adeuses carinhosos.

Sinto que te acompanho, que te sigo
Tranquilo, calmo desses vãos rumores
E que tu vais embalada comigo,
Na mesma rede de carinho e dores.

Sinto os segredos do teu corpo amado,
Toda a graça floral, a graça breve,
Todo o composto lânguido, alquebrado
Do teu perfil de áureo crescente leve.

Sinto-te as linhas imortais do flanco,
E as ondas vaporosas dos teus passos
E todo o sonho castamente branco
Da volúpia celeste desses braços.

Sinto a muda expressão da tua boca
Feita num doce e doloroso corte
De beijo dado na veemência louca
Dos céus do gozo entre o estertor da morte.

Sinto-te as nobres mãos afagadoras,
Riquezas raras de um valor secreto
E mãos cujas carícias redentoras
São as carícias do supremo Afeto.

Sinto os teus olhos fluidos, de onde emerge
Uma graça, uma paz, tamanho encanto,
Tão brando e triste, que a minha alma asperge
Em suavíssimos bálsamos de pranto.

Uns olhos tão etéreos, tão profundos,
De tanta e tão sutil delicadeza
Que parecem viver lá n'outros mundos,
Longe da contingente Natureza.

Olhos que sempre no tremendo choque
Dos sofrimentos íntimos, latentes,
Tem esse toque amigo, o velho toque
Original das lágrimas ardentes.

Ah! Só eu vejo e sinto esse desvelo
Que transfigura e faz o teu martírio,

O sentimento amargurado e belo
Que e já, talvez, quase mortal delírio...

Sinto que a mesma chama nos abraça,
Que um perfume eternal, casto, esquisito,
Circula e vive com divina graça
Dentro do nosso trêmulo Infinito.

E tudo quanto me sensibiliza,
Fere, magoa, dilacera, punge,
Tudo no teu olhar se cristaliza,
No teu olhar, no teu olhar que unge.

Sinto por ti o mais febril e intenso
Carinho quase louco, doentio...
Carinho singular, curioso, imenso,
Que deixa na alma um resplendor sombrio.

E de tal forma esse carinho raro,
De tal encanto e tão sagrada essência,
De tal Piedade e tal Perdão preclaro,
Que canta na estrelada Refulgência.

Ah! nunca saberás quanto exotismo
De sentimento me alanceia e pulsa,
Vibra violinos de sonambulismo
Nest'alma ora serena, ora convulsa!

Tens luz de lua e tens gorjeios de ave
No mundo virginal dos meus sentidos,
E és sonho, sombra de Angelus suave
Nos nossos mútuos e comuns gemidos.

E sonho, sombra de Angelus, tão brandos,
Imortalmente tão indefiníveis
Que todos os terrores execrandos
Cobrem-se para nós de íris sensíveis.

É assim que eu te sinto, erma, sozinha,
Frágil, piedosa, nos singelos brilhos
Erguendo aos braços, nobremente minha,
Os dolentes troféus dos nossos filhos.

Erguendo-os como cálices amargos
De um vinho ideal de já mortas quimeras,

Para além destes céus mudos e largos
Na ampla misericórdia das Esferas!

Ausência misteriosa

Uma hora só que o teu perfil se afasta,
Um instante sequer, um só minuto
Desta casa que amo – vago luto
Envolve logo esta morada casta.

Tua presença delicada basta
Para tudo tornar claro e impoluto...
Na tua ausência, da Saudade escuto
O pranto que me prende e que me arrasta...

Secretas e sutis melancolias
Recuadas na Noite dos meus dias
Vêm para mim, lentas, se aproximando.

E em toda casa, nos objetos, erra
Um sentimento que não é da Terra
E que eu mudo e sozinho vou sonhando...

Meu filho

Ah! quanto sentimento! ah! quanto sentimento!
Sob a guarda piedosa e muda das Esferas
Dorme, calmo, embalado pela voz do vento,
Frágil e pequenino e tenro como as heras.

Ao mesmo tempo suave e ao mesmo tempo estranho
O aspecto do meu filho assim meigo dormindo...

Vem dele tal frescura e tal sonho tamanho
Que eu nem mesmo já sei tudo que vou sentindo.

Minh'alma fica presa e se debate ansiosa,
Em vão soluça e clama, eternamente presa
No segredo fatal dessa flor caprichosa,
Do meu filho, a dormir, na paz da Natureza.

Minh'alma se debate e vai gemendo aflita
No fundo turbilhão de grandes ânsias mudas:
Que esse tão pobre ser, de ternura infinita,
Mais tarde irá tragar os venenos de Judas!

Dar-lhe eu beijos, apenas, dar-lhe, apenas, beijos,
Carinhos dar-lhe sempre, efêmeros, aéreos,
O que vale tudo isso para outros desejos,
O que vale tudo isso para outros mistérios?!

De sua doce mãe que em prantos o abençoa
Com o mais profundo amor, arcangelicamente,
De sua doce mãe, tão límpida, tão boa,
O que vale esse amor, todo esse amor veemente?!

O longo sacrifício extremo que ela faça,
As vigílias sem nome, as orações sem termo,
Quando as garras cruéis e horríveis da Desgraça
De sadio que ele é, fazem-no fraco e enfermo?!

Tudo isso, ah! Tudo isso, ah! quanto vale tudo isso
Se outras preocupações mais fundas me laceram,
Se a graça de seu riso e a graça do seu viço
São as flores mortais que meu tormento geram?!

Por que tantas prisões, por que tantas cadeias
Quando a alma quer voar nos paramos liberta?
Ah! Céus! Quem me revela essas Origens cheias
De tanto desespero e tanta luz incerta!

Quem me revela, pois, todo o tesouro imenso
Desse imenso Aspirar tio entranhado, extremo!
Quem descobre, afinal, as causas do que eu penso,
As causas do que eu sofro, as causas do que eu gemo!

Pois então hei de ter um afeto profundo,
Um grande sentimento, um sentimento insano
E hei de vê-lo rolar, nos turbilhões do mundo,
Para a vala comum do eterno Desengano?!

Pois esse filho meu que ali no berço dorme,
Ele mesmo tão casto e tão sereno e doce
Vem para ser na Vida o vão fantasma enorme
Das dilacerações que eu na minh'alma trouxe?!

Ah! Vida! Vida! Vida! Incendiada tragédia,
Transfigurado Horror, Sonho transfigurado,
Macabras contorções de lúgubre comédia
Que um cérebro de louco houvesse imaginado!

Meu filho que eu adoro e cubro de carinhos,
Que do mundo vilão ternamente defendo,
Há de mais tarde errar por tremedais e espinhos
Sem que o possa acudir no suplicio tremendo.

Que eu vagarei por fim nos mundos invisíveis,
Nas diluentes visões dos largos Infinitos,
Sem nunca mais ouvir os clamores horríveis,
A mágoa dos seus ais e os ecos dos seus gritos.

Vendo-o no berço assim, sinto muda agonia,
Um misto de ansiedade, um misto de tortura.
Subo e pairo dos céus na estrelada harmonia
E desço e entro do Inferno a furna hórrida, escura.

E sinto sede intensa e intensa febre, tanto,
Tanto Azul, tanto abismo atroz que me deslumbra.
Velha saudade ideal, monja de amargo Encanto,
Desce por sobre mim sua estranha penumbra.

Tu não sabes, jamais, tu nada sabes, filho,
Do tormentoso Horror, tu nada sabes, nada...
O teu caminho e claro, é matinal de brilho,
Não conheces a sombra e os golpes da emboscada.

Nesse ambiente de amor onde dormes teu sono
Não sentes nem sequer o mais ligeiro espectro...
Mas, ah! eu vejo bem, sinistra, sobre o trono,
A Dor, a eterna Dor, agitando o seu cetro!

Visão guiadora

Ó alma silenciosa e compassiva
Que conversas com os Anjos da Tristeza,
Ó delicada e lânguida beleza
Nas cadeias das lágrimas cativa.

Frágil, nervosa timidez lasciva,
Graça magoada, doce sutileza
De sombra e luz e da delicadeza
Dolorosa de música aflitiva.

Alma de acerbo, amargurado exílio,
Perdida pelos céus num vago idílio
Com as almas e visões dos desolados.

Ó tu que és boa e porque és boa és bela,
Da Fé e da Esperança eterna estrela
Todo o caminho dos desamparados.

Litania dos pobres

Os miseráveis, os rotos
São as flores dos esgotos.

São espectros implacáveis
Os rotos, os miseráveis.

São prantos negros de furnas
Caladas, mudas, soturnas.

São os grandes visionários
Dos abismos tumultuários.

As sombras das sombras mortas,
Cegos, a tatear nas portas.

Procurando o céu, aflitos
E varando o céu de gritos.

Faróis a noite apagados
Por ventos desesperados.

Inúteis, cansados braços
Pedindo amor aos Espaços.

Mãos inquietas, estendidas
Ao vão deserto das vidas.

Figuras que o Santo Ofício
Condena a feroz suplício.

Arcas soltas ao nevoento
Dilúvio do Esquecimento.

Perdidas na correnteza
Das culpas da Natureza.

Ó pobres! Soluços feitos
Dos pecados imperfeitos!

Arrancadas amarguras
Do fundo das sepulturas.

Imagens dos deletérios,
Imponderáveis mistérios.

Bandeiras rotas, sem nome,
Das barricadas da fome.

Bandeiras estraçalhadas
Das sangrentas barricadas.

Fantasmas vãos, sibilinos
Da caverna dos Destinos!

O pobres! o vosso bando
É tremendo, é formidando!

Ele já marcha crescendo,
O vosso bando tremendo...

Ele marcha por colinas,
Por montes e por campinas.

Nos areiais e nas serras
Em hostes como as de guerras.

Cerradas legiões estranhas
A subir, descer montanhas.

Como avalanches terríveis
Enchendo plagas incríveis.

Atravessa já os mares,
Com aspectos singulares.

Perde-se além nas distâncias
A caravana das ânsias.

Perde-se além na poeira,
Das Esferas na cegueira.

Vai enchendo o estranho mundo
Com o seu soluçar profundo.

Como torres formidandas
De torturas miserandas.

E de tal forma no imenso
Mundo ele se torna denso.

E de tal forma se arrasta
Por toda a região mais vasta.

E de tal forma um encanto
Secreto vos veste tanto.

E de tal forma já cresce
O bando, que em vós parece.

Ó Pobres de ocultas chagas
Lá das mais longínquas plagas!

Parece que em vós há sonho
E o vosso bando é risonho.

Que através das rotas vestes
Trazeis delícias celestes.

Que as vossas bocas, de um vinho
Prelibam todo o carinho...

Que os vossos olhos sombrios
Trazem raros amavios.

Que as vossas almas trevosas
Vêm cheias de odor das rosas.

De torpores, d'indolências
E graças e quint'essências.

Que já livres de martírios
Vêm festonadas de lírios.

Vem nimbadas de magia,
De morna melancolia!

Que essas flageladas almas
Reverdecem como palmas.

Balanceadas no letargo
Dos sopros que vem do largo...

Radiantes d'ilusionismos,
Segredos, orientalismos.

Que como em águas de lagos
Boiam nelas cisnes vagos...

Que essas cabeças errantes
Trazem louros verdejantes.

E a languidez fugitiva
De alguma esperança viva.

Que trazeis magos aspeitos
E o vosso bando é de eleitos.

Que vestes a pompa ardente
Do velho Sonho dolente.

Que por entre os estertores
Sois uns belos sonhadores.

Spleen[85] de deuses

Oh! Dá-me o teu sinistro Inferno
Dos desesperos tétricos, violentos,
Onde rugem e bramem como os ventos
Anátemas da Dor, no fogo eterno...

Dá-me o teu fascinante, o teu falerno
Dos falernos das lágrimas sangrentos
Vinhos profundos, venenosos, lentos
Matando o gozo nesse horror do Averno.

Assim o Deus dos Páramos clamava
Ao Demônio soturno, e o rebelado,
Capricórnio Satã, ao Deus bradava.

Se és Deus-e já de mim tens triunfado,
Para lavar o Mal do Inferno e a bava
Dá-me o tédio senil do céu fechado...

---

85. Palavra inglesa que significa baço

Divina

Eu não busco saber o inevitável
Das espirais da tua vi matéria.
Não quero cogitar da paz funérea
Que envolve todo o ser inconsolável.

Bem sei que no teu circulo maleável
De vida transitória e mágoa seria
Há manchas dessa orgânica miséria
Do mundo contingente, imponderável.

Mas o que eu amo no teu ser obscuro
E o evangélico mistério puro
Do sacrifício que te torna heroína.

São certos raios da tu'alma ansiosa
E certa luz misericordiosa,
E certa auréola que te fez divina!

Cabelos

I
Cabelos! Quantas sensações ao vê-los!
Cabelos negros, do esplendor sombrio,
Por onde corre o fluido vago e frio
Dos brumosos e longos pesadelos...

Sonhos, mistérios, ansiedades, zelos,
Tudo que lembra as convulsões de um rio
Passa na noite cálida, no estio
Da noite tropical dos teus cabelos.

Passa através dos teus cabelos quentes,
Pela chama dos beijos inclementes,
Das dolências fatais, da nostalgia...

Auréola negra, majestosa, ondeada,
Alma da treva, densa e perfumada,
Lânguida Noite da melancolia!

Olhos

II

A Grécia d'Arte, a estranha claridade
D'aquela Grécia de beleza e graça,
Passa, cantando, vai cantando e passa
Dos teus olhos na eterna castidade.

Toda a serena e altiva heroicidade
Que foi dos gregos a imortal couraça,
Aquele encanto e resplendor de raça
Constelada de antiga majestade,

Da Atenas flórea toda o viço louro,
E as rosas e os mirtais e as pompas d'ouro,
Odisseias[86] e deuses e galeras...

Na sonolência de uma lua aziaga,
Tudo em saudade nos teus olhos vaga,
Canta melancolias de outras eras!...

---

86. Série de acontecimentos variáveis

Boca

III
Boca viçosa, de perfume a lírio,
Da límpida frescura da nevada,
Boca de pompa grega, purpureada,
Da majestade de um damasco assírio.

Boca para deleites e delírio
Da volúpia carnal e alucinada,
Boca de Arcanjo, tentadora e arqueada,
Tentando Arcanjos na amplidão do Empírio,

Boca de Ofélia morta sobre o lago,
Dentre a auréola de luz do sonho vago
E os faunos leves do luar inquietos...

Estranha boca virginal, cheirosa,
Boca de mirra e incensos, milagrosa
Nos filtros e nos tóxicos secretos...

Seios

IV
Magnólias tropicais, frutos cheirosos
Das árvores do Mal fascinadoras,
Das negras mancenilhas tentadoras,
Dos vagos narcotismos venenosos.

Oásis brancos e miraculosos
Das frementes volúpias pecadoras
Nas paragens fatais, aterradoras
Do Tédio, nos desertos tenebrosos...

Seios de aroma embriagador e langue,
Da aurora de ouro do esplendor do sangue,
A alma de sensações tantalizando.

Ó seios virginais, tálamos vivos
Onde do amor nos êxtases lascivos
Velhos faunos febris dormem sonhando...

Mãos

V
Ó Mãos ebúrneas[87], Mãos de claros veios,
Esquisitas tulipas delicadas,
Lânguidas Mãos sutis e abandonadas,
Finas e brancas, no esplendor dos seios.

Mãos etéricas, diáfanas, de enleios,
De eflúvios e de graças perfumadas,
Relíquias imortais de eras sagradas
De amigos templos de relíquias cheios.

Mãos onde vagam todos os segredos,
Onde dos ciúmes tenebrosos, tredos,
Circula o sangue apaixonado e forte.

Mãos que eu amei, no féretro medonho
Frias, já murchas, na fluidez do Sonho,
Nos mistérios simbólicos da Morte!

---

87. Relativo à marfim

Pés

VI
Lívidos, frios, de sinistro aspecto,
Como os pés de Jesus, rotos em chaga,
Inteiriçados, dentre a auréola vaga
Do mistério sagrado de um afeto.

Pés que o fluido magnético, secreto
Da morte maculou de estranha e maga
Sensação esquisita que propaga
Um frio n'alma, doloroso e inquieto...

Pés que bocas febris e apaixonadas
Purificaram, quentes, inflamadas,
Com o beijo dos adeuses soluçantes.

Pés que já no caixão, enrijecidos,
Aterradoramente indefinidos
Geram fascinações dilacerantes!

Corpo

VII
Pompas e pompas, pompas soberanas
Majestade serene da escultura
A chama da suprema formosura,
A opulência das púrpuras romanas.

As formas imortais, claras e ufanas,
Da graça grega, da beleza pura,
Resplendem na arcangélica brancura
Desse teu corpo de emoções profanas.

Cantam as infinitas nostalgias,
Os mistérios do Amor, melancolias,
Todo o perfume de eras apagadas...

E as águias da paixão, brancas, radiantes,
Voam, revoam, de asas palpitantes,
No esplendor do teu corpo arrebatadas!

Canção negra

A Nestor Vitor

Ó boca em tromba retorcida
Cuspindo injúrias para o Céu,
Aberta e pútrida ferida
Em tudo pondo igual labéu[88].

Ó boca em chamas, boca em chamas,
Da mais sinistra e negra voz,
Que clamas, clamas, clamas, clamas,
Num cataclismo estranho, atroz.

Ó boca em chagas, boca em chagas,
Somente anátemas a rir,
De tantas pragas, tantas pragas
Em catadupas[89] a rugir.

Ó bocas de uivos e pedradas,
Visão histérica do Mal,
Cortando como mil facadas
Dum golpe só, transcendental.

Sublime boca sem pecado,
Cuspindo embora a lama e o pus,
Tudo a deixar transfigurado,
O lodo a transformar em luz.

88. Mancha na reputação
89. Cataratas

Boca de ventos inclemente
De universais revoluções,
Alevantando as hostes quentes,
Os sanguinários batalhões.

Abençoada a canção velha
Que os lábios teus cantam assim
Na tua face que se engelha,
Da cor de lívido marfim.

Parece a furna do Castigo
Jorrando pragas na canção,
A tua boca de mendigo,
Tão tosco como o teu bordão.

Boca fatal de torvos trenos!
Da onipotência do bom Deus,
Louvados sejam tais venenos,
Purificantes como os teus!

Tudo precisa um ferro em brasa
Para este mundo transformar...
Nos teus Anátemas põe asa
E vai no mundo praguejar!

Ó boca ideal de rudes trovas,
Do mais sangrento resplendor,
Vai reflorir todas as covas,
O facho a erguer da luz do Amor.

Nas vãs misérias deste mundo
Dos exorcismos cospe o fel...
Que as tuas pragas rasguem fundo
O coração desta Babel.

Mendigo estranho! Em toda a parte
Vai com teus gritos, com teus ais,
Como o simbólico estandarte
Das tredas convulsões mortais!

Resume todos esses travos
Que a terra fazem languescer.
Das mãos e pés arranca os cravos
Das cruzes mil de cada Ser.

A terra é mãe! – mas ébria e louca
Tem germens bons e germens vis...
Bendita seja a negra boca
Que tão malditas coisas diz!

A ironia dos vermes

Eu imagino que és uma princesa
Morta na flor da castidade branca...
Que teu cortejo sepulcral arranca
Por tanta pompa espasmos de surpresa.

Que tu vais por um coche[90] conduzida,
Por esquadrões flamívomos guardada,
Como carnal e virgem madrugada,
Bela das belas, sem mais sol, sem vida.

Que da Corte os luzidos Dignitários
Com seus aspectos marciais, bizarros,
Seguem-te após nos fagulhantes, carros
E a excelsa cauda dos cortejos vários.

Que a tropa toda forma nos caminhos
Por onde irás passar indiferente;
Que há no semblante vão de toda a gente
Curiosidades que parecem vinhos.

Que os potentes canhões roucos atroam
O espaço claro de uma tarde suave,
E que tu vais, Lírio dos lírios e ave
Do Amor, por entre os sons que te coroam.

Que nas flores, nas sedas, nos veludos,
E nos cristais do féretro radiante
Nos damascos do Oriente, na faiscante
Onda de tudo há longos prantos mudos.

90. Carruagem antiga

Que do silêncio azul da imensidade,
Do perdão infinito dos Espaços
Tudo te dá os beijos e os abraços
Do seu adeus a tua Majestade.

Que de todas as coisas como Verbo
De saudades sem termo e de amargura,
Sai um adeus a tua formosura,
Num desolado sentimento acerbo.

Que o teu corpo de luz, teu corpo amado,
Envolto em finas e cheirosas vestes,
Sob o carinho das Mansões celestes
Ficará pela Morte encarcerado.

Que o teu séquito é tal, tal a coorte,
Tal o sol dos brasões, por toda a parte,
Que em vez da horrenda Morte suplantar-te
Crê-se que és tu que suplantaste a Morte.

Mas dos faustos mortais a regia trompa,
Os grandes ouropéis, a real Quermesse,
Ah! tudo, tudo proclamar parece
Que hás de afinal apodrecer com pompa.

Como que foram feitos de luxúria
E gozo ideal teus funerais luxuosos
Para que os vermes, pouco escrupulosos,
Não te devorem com plebeia fúria.

Para que eles ao menos vendo as belas
Magnificências do teu corpo exausto
Mordam-te com cuidados e cautelas
Para o teu corpo apodrecer com fausto.

Para que possa apodrecer nas frias
Geleiras sepulcrais d'esquecimentos,
Nos mais augustos apodrecimentos,
Entre constelações e pedrarias.

Mas ah! quanta ironia atroz, funérea,
Imaginária e cândida Princesa:
És igual a uma simples camponesa
Nos apodrecimentos da Matéria!

Inês

Tem teu nome a estranha graça
De uma galga verde, estranha.
Certo langor te adelgaça[91],
Certo encanto te acompanha.

És velada, quebradiça
Como teu nome é velado.
Certa flor curiosa viça
No teu corpo edenizado.

Chamam-te a Inês dos quebrantos,
A galga verde, a felina,
Amaranto de amarantos,
Das franzinas a franzina.

Teus olhos, langues aquários
Adormentados de cisma,
Vivem mudos, solitários
Como uma treva que abisma.

Tua boca, vivo cravo
Sanguíneo, púrpuro, ardente,
De certa forma tem travo
Embora veladamente.

És lírio de velho outono,
Meiga Inês, e de tal sorte
Que já vives no abandono,
Meio enevoada da morte.

Teu beijo, do rosmaninho
Tem o sainete[92] amargoso...
Lembra a saudade de um vinho
Secreto, mas venenoso.

Por um mistério indizível
Não te é dado amar na terra.

---

91. Torna doce
92. Graça

Vem de longe o Indefinível
Que os teus silêncios encerra!

Deus fechou-te a sete chaves
O coração lá no fundo...
Mas deu-te as asas das aves
Para irradiares no mundo.

Humildade secreta

Fico parado, em êxtase suspenso,
Às vezes, quando vou considerando
Na humildade simpática, no brando
Mistério simples do teu ser imenso.

Tudo o que aspiro, tudo quanto penso
D'estrelas que andam dentro em mim cantando,
Ah! tudo ao teu fenômeno vai dando
Um céu de azul mais carregado e denso.

De onde não sei tanta simplicidade,
Tanta secreta e límpida humildade
Vem ao teu ser como os encantos raros.

Nos teus olhos tu alma transparece...
E de tal sorte que o bom Deus parece
Viver sonhando nos teus olhos claros.

Flor perigosa

Ah! quem, trêmulo e pálido, medita
No teu perfil de áspide triste, triste,
Não sabe em quanto abismo essa infinita
Tristeza amarga singular consiste.

Tens todo o encanto de uma flor, o encanto
Secreto de uma flor de vago aroma...
Mas não sei que de morno e de quebranto
Vem, lasso e langue, dessa negra coma.

És das origens mais desconhecidas,
De uma longínqua e nebulosa infância.
A visão das visões indefinidas,
De atra, sinistra mórbida elegância.

Como flor, entretanto, és bem amarga!
Pólens celestes o teu ser inundam,
Mas ninguém sabe a onda nervosa e larga
Dos insetos mortais que te circundam.

Quem teu aroma de mulher aspira
Fica entre ânsias de túmulo fechado...
Sente vertigens de vulcão, delira
E morre, sutilmente envenenado.

Teu olhar de fulgências e de treva,
Onde as volúpias a pecar se ajustam,
Guarda um mistério que envilece e eleva,
Causa delíquios e emoções que assustam.

És flor, mas como flor és perigosa,
Do mais sombrio e tétrico perigo...
Fenômenos fatais de luz ansiosa
Vão pelas noites segredar contigo.

Vão segredar que és feia e que és estranha
Sendo feia, mas sendo extravagante,
De enorme, de esquisita, de tamanha
Influência de eclipse radiante...

Sei! não nasceste sob a luz que ondeia
Na beleza e nos astros da saúde;
Mas sendo assim, morbidamente feia,
O teu ser feia torna-se virtude.

És feia e doente, surges desse misto,
Da exótica, da insana, da funesta
Auréola ideal dos martírios de Cristo
Naquela Dor absurdamente mesta.

Vens de lá, vens de lá – fundos remotos
Adelgaçando como os véus de um rio...
Abrindo do magoado e velho lótus
Do sentimento, todo o sol doentio...

Mas quem quiser saber o quanto encerra
Teu ser, de mais profundo e mais nevoento,
Venha aspirar-te no teu vaso – a Terra –
Ó perigosa flor do esquecimento!

Metempsicose

Agora, já que apodreceu a argila
Do teu corpo divino e sacrossanto;
Que embalsamaram de magoado pranto
A tua carne, na mudez tranquila,

Agora, que nos Céus, talvez, se asila
Aquela graça e luminoso encanto
De virginal e pálido amaranto
Entre a Harmonia que nos Céus desfila.

Que da morte o estupor macabro e feio
Congelou as magnólias do teu seio,
Por entre catalépticas visões...

Surge, Bela das Belas, na Beleza
Do transcendentalismo da Pureza,
Nas brancas, imortais Ressurreições!

Os monges

Montanhas e montanhas e montanhas
Ei-los que vão galgando.
As sombras vãs das figuras estranhas
Na Terra projetando.

Habitam nas mansões do Imponderável
Esses graves ascetas;
Ocultando, talvez, no Inconsolável
Amarguras inquietas.

Como os reis Magos[93], trazem lá do Oriente
As alfaias[94] preciosas,
Mas alfaias, surpreendentemente,
As mais miraculosas.

Nem incensos, nem mirras e nem ouros[95],
Nem mirras nem incensos,
Outros mais raros, mágicos tesouros
Sobre todos, imensos.

Pelos longínquos, sáfaros caminhos
Que vivem percorrendo,
A Dor, como atros, venenosos vinhos,
Os vai deliquescendo.

São os monges sombrios, solitários,
Como esses vagos rios
Que passam nas florestas tumultuários,
Solitários, sombrios.

93. Referência aos três reis magos da Bíblia
94. Presentes
95. Referência aos presentes que os três reis magos deram a Jesus quando ele nasceu

São monges das florestas encantadas,
Dos ignotos tumultos,
Almas na Terra desassossegadas,
Desconsolados vultos.

São os monges da Graça e do Mistério,
Faróis da Eternidade
Iluminando todo o Azul sidéreo
Da sagrada Saudade.

Onde e quando acharão o seu descanso
Eles que há tanto vagam?
Em que dia terão esse remanso
Os seus pés que se chagam?

Quando caminham nas Regiões nevoentas,
Da lua nos quebrantos,
As suas sombras vagarosas, lentas
Ganham certos encantos...

Ficam nimbados pela luz da lua
Os seus perfis tristonhos...
Sob a dolência peregrina e crua
Dos tantálicos[96] sonhos.

As Ilusões são seus mantos sanguíneos
De símbolos de dores,
De signos, de solenes vaticínios[97],
De nirvânicas flores.

Benditos monges imortais, benditos
Que etéreas harpas tangem!
Que rasgam d'alto a baixo os Infinitos,
Infinitos abrangem.

Deixai-os ir com os seus troféus bizarros
De humano Sentimento,
Arrebatados pelos ígneos carros
Do augusto Pensamento.

Que os leve a graça das errantes almas,
– Grandes asas de tudo –

---

96. Terríveis
97. Profecias

Entre as Hosanas, o verdor das palmas,
Entre o Mistério mudo!

Não importa saber que rumo trazem
Nem se é longo esse rumo...
Eles no Indefinido se comprazem,
São dele a chama e o fumo.

Deixai-os ir pela Amplidão a fora,
Nos Silêncios da esfera,
Nos esplendores da eternal Aurora
Coroados de Quimera!

Deixai-os ir pela Amplidão, deixai-os,
No segredo profundo,
Por entre fluidos de celestes raios
Transfigurando o mundo.

Que só os astros do Azul cintilam
Pela sidérea rede
Saibam que os monges, lívidos, desfilam
Devorados de sede...

Que ninguém mais possa saber as ânsias
Nem sentir a Dolência
Que vindo das incógnitas Distancias
E dos monges a essência!

Monges, ó monges da divina Graça,
Lá da graça divina,
Deu-vos o Amor toda a imortal couraça
Dessa Fé que alucina.

No meio de anjos que vos-abençoam
Corações estremecem...
E tudo eternamente vos perdoam
Os que não vos esquecem.

Toda a misericórdia dos espaços
Vos oscule, surpresa...
E abri, serenos, largamente, os braços
A toda a Natureza!

Tristeza do infinito

Anda em mim, soturnamente,
Uma tristeza ociosa
Sem objetivo, latente,
Vaga, indecisa, medrosa.

Como ave torva e sem rumo,
Ondula, vagueia, oscila
E sobe em nuvens de fumo
E na minh'alma se asila.

Uma tristeza que eu, mudo,
Fico nela meditando
E meditando, por tudo
E em toda a parte sonhando.
Tristeza de não sei donde,
De não sei quando nem como...
Flor mortal, que dentro esconde
Sementes de um mago pomo.

Dessas tristezas incertas,
Esparsas, indefinidas...
Como almas vagas, desertas
No rumo eterno das vidas.

Tristeza sem causa forte,
Diversa de outras tristezas,
Nem da vida nem da morte
Gerada nas correntezas...

Tristeza de outros espaços,
De outros céus, de outras esferas,
De outros límpidos abraços,
De outras castas primaveras.

Dessas tristezas que vagam
Com volúpias tão sombrias
Que as nossas almas alagam
De estranhas melancolias.

Dessas tristezas sem fundo,
Sem origens prolongadas,
Sem saudades deste mundo,
Sem noites, sem alvoradas.

Que principiam no sonho
E acabam na Realidade,
Através do mar tristonho
Desta absurda Imensidade.

Certa tristeza indizível,
Abstrata, como se fosse
A grande alma do Sensível
Magoada, mística, doce.

Ah! tristeza imponderável,
Abismo, mistério aflito,
Torturante, formidável...
Ah! tristeza do Infinito!

Luar de lágrimas

I
Nos estrelados, límpidos caminhos
Dos Céus, que um luar criva de prata e de ouro,
Abrem-se róseos e cheirosos ninhos,
E há muitas messes do bom trigo louro.

Os astros cantam meigas cavatinas,
E na frescura as almas claras gozam
Alvoradas eternal, cristalinas,
E os Dons supremos, divinais esposam.

Lá, a florescência dos Desejos
Tem sempre um novo e original perfume,
Tudo rejuvenesce dentre harpejos
E dentre palmas verdes se resume.

As próprias mocidades e as infâncias
Das coisas tem um esplendor infindo
E as imortalidades e as distancias
Estão sempre florindo e reflorindo.

Tudo aí se consola e transfigura
Num Relicário de viver perfeito,
E em cada uma alma peregrina e pura
Alvora o sentimento mais eleito.

Tudo aí vive e sonha o imaculado
Sonho esquisito e azul das quint'essências,
Tudo é sutil e cândido, estrelado,
Embalsamado de eternais essências.

Lá as Horas são águias, voam, voam
Com grandes asas resplandecedoras...
E harpas augustas finamente soam
As Aleluias glorificadoras.

Forasteiros de todos os matizes
Sentem ali felicidades castas

E os que essas libações gozam felizes
Deixam da terra as vastidões nefastas.

Anjos excelsos e contemplativos,
Soberbos e solenes, soberanos,
Com aspectos grandíloquos, altivos,
Sonham sorrindo, angelicais e ufanos.

Lá não existe a convulsão da Vida
Nem os tremendos, trágicos abrolhos.
Há por tudo a doçura indefinida
Dos azuis melancólicos de uns olhos.

Véus brancos de Visões resplandecentes
Miraculosamente se adelgaçam...
E recordando essas Visões diluentes
Dolências beethovínicas perpassam.

Há magos e arcangélicos poderes
Para que as existências se transformem...
E os mais egrégios e completos seres
Sonos sagrados, impolutos dormem...

E lá que vagam, que plangentes erram,
Lá que devem vagar, decerto, flóreas,
Puras, as Almas que eu perdi, que encerram
O meu Amor nas Urnas ilusórias.

Hosanas de perdão e de bondade
De celestial misericórdia santa
Abençoam toda essa claridade
Que na harmonia das Esferas canta.

Preces ardentes como ardentes sarças
Sobem no meio das divinas messes.
Lembra o voo das pombas e das garças
A leve ondulação de tantas preces.

E quem penetra nesse ideal Domínio,
Por entre os raios das estrelas belas,
Todo o celeste e singular escrínio,
Todo o escrínio das lágrimas vê nelas.

E absorto, penetrando os Céus tão calmos,
Céus de constelações que maravilham,

Não sabe, acaso, se com os brilhos almos,
São estrelas ou lágrimas que brilham.

Mas ah! das Almas esse azul letargo,
Esse eterno, imortal Isolamento,
Tudo se envolve num luar amargo
De Saudade, de Dor, de Esquecimento!

Tudo se envolve nas neblinas densas
De outras recordações, de outras lembranças,
No doce luar das lágrimas imensas
Das mais inconsoláveis esperanças.

II
Ó mortos meus, ó desabados mortos!
Chego de viajar todos os portos.

Volto de ver inóspitas[98] paragens,
As mais profundas regiões selvagens.

Andei errando por funestas tendas
Onde das almas escutei as lendas.

E tornei a voltar por uma estrada
Erma, na solidão, abandonada.

Caminhos maus, atalhos infinitos
Por onde só ouvi ânsias e gritos.

Por toda a parte a rir o incêndio e a peste
Debaixo da Ilusão do Azul celeste.

Era também luar, luar lutuoso
Pelas estradas onde errei saudoso...

Era também luar, o luar das penas,
Brando luar das Ilusões terrenas.

Era um luar de triste morbideza
Amortalhando toda a natureza.

E eu em vão busquei, Mortos queridos,
Por entre os meus tristíssimos gemidos.

---

98. Que não é afável, acolhedor

Em vão pedi os filtros dos segredos
Da vossa morte, a voz dos arvoredos.

Em vão fui perguntar ao Mar que e cego
A lei do Mar do Sonho onde navego.

Ao Mar que e cego, que não vê quem morre
Nas suas ondas, onde o sol escorre...

Em vão fui perguntar ao Mar antigo
Qual era o vosso desolado abrigo.

Em vão vos procurei cheio de chagas,
Por estradas insólitas e vagas.

Em vão andei mil noites por desertos,
Com passos, espectrais, dúbios, incertos.

Em vão clamei pelo luar a fora,
Pelos ocasos, pelo albor da aurora.

Em vão corri nos areiais terríveis
E por curvas de montes impassíveis.

Só um luar, só um luar de morte
Vagava igual a mim, com a mesma sorte.

Só um luar sempre calado e dútil,
Para a minha aflição, acerbo e inútil.

Um luar de silêncio formidável
Sempre me acompanhando, impenetrável.

Só um luar de mortos e de mortas
Para sempre a fechar-me as vossas portas.

E eu, já purgado dos terrestres
Crimes, Sem achar nunca essas portas sublimes.

Sempre fechado a chave de mistério
O vosso exílio pelo Azul sidéreo.

Só um luar de trêmulos martírios
A iluminar-me com clarões de círios.

Só um luar de desespero horrendo
Ah! sempre me pungindo e me vencendo.

Só um luar de lágrimas sem termos
Sempre me perseguindo pelos ermos.

E eu caminhando cheio de abandono
Sem atingir o vosso claro trono.

Sozinho para longe caminhando
Sem o vosso carinho venerando.

Percorrendo o deserto mais sombrio
E de abandono a tiritar de frio...

Ó Sombras meigas, ó Refúgios ternos
Ah! como penetrei tantos Infernos!

Como eu desci sem vós negras escarpas,
A Almas do meu ser, Ó Almas de harpas!

Como senti todo esse abismo ignaro[99]
Sem nenhuma de vós por meu amparo.

Sem a benção gozar, serena e doce,
Que o vosso Ser aos meus cuidados trouxe.

Sem ter ao pe de mim o astral cruzeiro
Do vosso grande amor alvissareiro.

Por isso, ó sombras, sombras impolutas,
Eu ando a perguntar as formas brutas.

E ao vento e ao mar e aos temporais que ululam[100]
Onde é que esses perfis se crepusculam.

Caminho, a perguntar, em vão, a tudo,
E só vejo um luar soturno e mudo.

Só contemplo um luar de sacrifícios,
De angústias, de tormentas, de cilícios.

---

99. Ignorante
100. Cantam tristemente

E sem ninguém, ninguém que me responda
Tudo a minh'alma nos abismos sonda.

Tudo, sedenta, quer saber, sedenta
Na febre da Ilusão que mais aumenta.

Tudo, mas tudo quer saber, não cessa
De perscrutar[101] e a perscrutar começa.

De novo sobe e desce escadarias
D'estrelas, de mistérios, de harmonias.

Sobe e não cansa, sobe sempre, austera,
Pelas escadarias da Quimera.

Volta, circula, abrindo as asas volta
E os voos de águia nas Estrelas solta.

Cada vez mais os voos no alto apruma
Para as etéreas amplidões da Bruma.

E tanta forca na ascensão desprende
Da envergadura, a proporção que ascende...

Tamanho impulso, colossal, tamanho
Ganha na Altura, no Esplendor estranho.

Tanto os esforços em subir concentra,
Em tantas zonas de Prodígios entra.

Nas duas asas tal vigor supremo
Leva, através de todo o Azul extremo,

Que parece cem águias de atras garras
Com asas gigantescas e bizarras.

Cem águias soberanas, poderosas
Levantando as cabeças fabulosas.

E voa, voa, voa, voa imersa
Na grande luz dos Paramos dispersa.

---

101. Investigar

E voa, voa, voa, voa, voa
Nas Esferas sem fim perdida a toa.

Ate que exausta da fadiga e sonho
Nessa vertigem, nesse errar medonho.

Ate que tonta de abranger Espaços,
Da Luz nos fulgidíssimos abraços.

Depois de voar a tão sutis Encantos,
Vendo que as Ilusões a abandonaram,

Chora o luar das lágrimas, os prantos
Que pelos Astros se cristalizaram!

Ébrios[102] e cegos

Fim de tarde sombria.
Torvo e pressago todo o céu nevoento.
Densamente chovia.
Na estrada o lodo e pelo espaço o vento.

Monótonos gemidos
Do vento, mornos, lânguidos, sensíveis:
Plangentes ais perdidos
De solitários seres invisíveis...

Dois secretos mendigos
Vinham, bambos, os dois, de braço dado,
Como estranhos amigos
Que se houvessem nos tempos encontrado.

Parecia que a bruma
Crepuscular os envolvia, absortos
Numa visão, nalguma
Visão fatal de vivos ou de mortos.

---

102. Embriagados

E de ambos o andar lasso
Tinha talvez algum sonambulismo,
Como através do espaço
Duas sombras volteando num abismo.

Era tateante, vago
De ambos o andar, aquele andar tateante
De ondulação de lago,
Tardo, arrastado, trêmulo, oscilante.

E tardo, lento, tardo,
Mais tardo cada vez, mais vagaroso,
No torvo aspecto pardo
Da tarde, mais o andar era brumoso.

Bamboleando no lodo,
Como que juntos resvalando aéreos,
Todo o mistério, todo
Se desvendava desses dois mistérios:

Ambos ébrios e cegos,
No caos da embriaguez e da cegueira,
Vinham cruzando pegos
De braço dado, a sua vida inteira.

Ninguém diria, entanto,
O sentimento trágico, tremendo,
A convulsão de pranto
Que aquelas almas iam turvescendo.

Ninguém sabia, certos,
Quantos os desesperos mais agudos
Dos mendigos desertos,
Ébrios e cegos, caminhando mudos.

Ninguém lembrava as ânsias
Daqueles dois estados meio gêmeos,
Presos nas inconstâncias
De sofrimentos quase que boêmios.

Ninguém diria nunca,
Ébrios e cegos, todos dois tateando,
A que atroz espelunca
Tinham, sem vista, ido beber, bambeando.

Que negro álcool profundo
Turvou-lhes a cabeça e que sudário[103]
Mais pesado que o mundo
Pôs-lhes nos olhos tal horror mortuário.

E em tudo, em tudo aquilo,
Naqueles sentimentos tão estranhos.
De tamanho sigilo,
Como esses entes vis eram tamanhos!

Que tão fundas cavernas,
Aquelas duas dores enjaularam,
Miseráveis e eternas
Nos horríveis destinos que as geraram.

Que medonho mar largo,
Sem lei, sem rumo, sem visão, sem norte,
Que absurdo tédio amargo
De almas que apostam duelar com a morte!

Nas suas naturezas,
Entre si tão opostas, tão diversas,
Monstruosas grandezas
Medravam, já unidas, já dispersas.

Onde a noite acabava
Da cegueira feral de atros espasmos,
A embriaguez começava
Rasgada de ridículos sarcasmos.

E bêbadas, sem vista,
Na mais que trovejante tempestade,
Caminhando a conquista
Do desdém das esmolas sem piedade,

Lá iam, juntas, bambas,
– acorrentadas convulsões atrozes –,
Ambas as vidas, ambas
Já meio alucinadas e ferozes.

E entre a chuva e entre a lama
E soluços e lágrimas secretas,
Presas na mesma trama,
Turvas, flutuavam, trêmulas, inquietas.

---

103. Mortalha

Mas ah! torpe matéria!
Se as atritassem, como pedras brutas,
Que chispas de miséria
Romperiam de tais almas corruptas!

Tão grande, tanta treva,
Tão terrível, tão trágica, tão triste,
Os sentidos subleva,
Cava outro horror, fora do horror que existe.

Pois do sinistro sonho
Da embriaguez e da cegueira enorme,
Erguia-se, medonho,
Da loucura o fantasma desconforme.

FIM